惜别

〔日〕太宰治 著
星野空 译

江苏凤凰文艺出版社
JIANGSU PHOENIX LITERATURE AND ART PUBLISHING

只 为 优 质 阅 读

目 录

Contents

001 惜别

141 逆行

163 姥舍

189 东京八景

223 故乡

惜别

这是在日本东北地区某个村子里行医的一名老医师的手记。

前几天，一名自称这个地区报社记者的中年男子来找我，他胡须丛生，脸色很差。他问我：“听说您毕业于如今东北帝大医学部的前身仙台医专，没错吧？”

“是这样的。”我回答。

“是明治三十七年入学的吧？”记者一边急着问，一边从胸前的口袋里掏出了小笔记本。

“我记忆里的确是那个时候。”记者激动的态度十分可疑，这令我感到不安。坦白说，由始至终，同这位报社记者的谈话都让我不甚愉快。

“那就好。”记者黝黑的脸上浮起微笑，“那您就应该认识那个人了。”我几乎要为他的武断语气而诧异，他却翻开笔记本伸到我的鼻尖前。翻开的那页上，用铅笔写着三个大字：

周树人。

“我认识。”

“对吧？”记者很是得意，“所以他与您是一届。而且，那人之后再次出现时已成为中国的大文豪鲁迅。”记者的语气带着些许兴奋，脸也微微泛红。

“这事我也知道。不过，即使周先生后来没有成为那样有名的人，还仅仅是当年与我们一起在仙台学习、游玩的周先生，我也一样是很尊敬的。”

“啊。”记者睁圆了眼睛，似乎有些吃惊，“他从年轻时起就很伟大吧。这大概就是所谓的天才吧。”

“不，虽然这样的说法毫无新意，但他的确是一个坦诚的、真正的好人。”

“比如表现在什么地方呢？”记者凑近道，“其实，我读过一篇鲁迅题为《藤野先生》的随笔，里面写到鲁迅在明治三十七八年，也就是日俄战争的时候，曾在仙台医专读书，并受到一位名叫藤野严九郎的老师的不少照顾……大概就是这么一回事。所以我就想在我们报纸的正月初刊上发表类似于‘日清亲善’美谈的文章。我估摸着您那时候正好是仙台医专的学生，于是就来了。那时的鲁迅到底是怎样的？当时就一脸苍白、忧郁吗？”

“不，并不是。”反倒是我感到忧郁了，“他没有什么奇怪的地方。要怎么形容呢……他非常聪明、稳重……”

“不，您不用这么有顾虑。我没想写鲁迅的坏话，就像我刚才说的那样，我是为了我们东亚民族亲善，才想把这个做成新年读物的。尤其还因为这也是与我们东北地区相关的事，说起来也能算是对地方文化的一种刺激。所以，为了我们东北文化，还请您回忆往事，畅所欲言！我绝不会给您添麻烦的。”

“不，我没有在顾虑什么。”那一天，我的心情莫名沉重，“怎么说都是四十年前的事了。我也绝没有糊弄您的意思，但像我这种俗人的琐碎记忆，真的能帮到您吗？”

“不，不，如今已经不是需要谦虚、说客套话的时代。那么，我问您些问题，请您把您记得的告诉我。”

之后的大约一小时里，记者就当时的事提了各种问题，但我前言不搭后语的回答令他一脸失望地离开。即便如此，那家地方报纸还是在今年正月发表了题为《日清亲和之先驱》的作品。这部以我的回忆录的形式写成的作品连载了五六天。真不愧是行家里手，虽然我也很佩服他竟通过巧妙的取舍把我那番语无伦次的话整理成了颇为有趣的文章，但文中出现的不论是周先生还是恩师藤野先生，抑或是我自己，都让我觉得好像是其他人。我个人的事情被写成怎样都无所谓，但看到恩师藤野先生以及周先生被描写得与我心中画像判若两人时，我感到非常痛苦。这或许都是因为我当时的笨拙回答，但是，被那样当面连续提问，我也只能前言不搭后语了。像我这么不善言辞的人没法在瞬间就想到合适的形容词。想来也有不少因为紧张而无意冒出的形容词莫名被对方牢记，并曲解了我的原意的情况。总之，我不擅长这样的一问一答。因此，我对这次记者的来访感到非常困惑，因为自己前言不搭后语的回答而生自己的气，在记者回去后，我还难过了两三天。终于到了正月，读了连载在报纸上的回忆录后，我现在满心就只对藤野先生以及周先生感到抱歉了。我已过花甲之年，差不多是一只脚踏进棺材了，我认识到趁着现在把心底的画像真实地描绘下来并非毫无意义。话虽如此，我也没想对在那家报纸上连载的那篇文章吹毛求疵。像那样带着社会性或是政治意图的文章，也只能用那样的写法吧。所以即使与我心底的画像不同也是无奈。而我只是凭着一个年老昏聩的乡下医生对往年恩师和旧友的思慕之情来写，比起社会性或是政治意图，自然是尽量如实地描写出他们的形象的念头更为强烈。我觉得这样的念头并无不妥。常言道，“颂大善不如积小德”。纠正恩师和旧友的形象似乎是微不足道的工作，但说不定与人伦大道相通。总之，这可以算是年事已高的我竭尽全力所能做的工作了。这些日子，在东北地区也不时响起的空袭警报令人惊惶，但每天都是晴好的天气，我这朝南的书房即使不用火盆也暖如春天，这让我乐观地预感到，我的工作也能顺利进行，不会受到敌人空袭的阻挠。

虽说是我心底的画像，但终究很难保证它是绝对正确的。纵然我是想遵循事实去描述，但凭我一介庸人的印象，或许会如盲人摸象一般记漏某些重要的地方。而且，那已经是四十年前的事了，一介庸人的印象亦会更加暧昧。即使此时我决心要纠正恩师和旧友的形象，但内心并没有十足把握。那么，我就不要眼高手低，但求能留下真实的一面也就满足了吧。人可不能一上年纪就连牢骚、辩解都变得絮絮叨叨。反正我也写不出什么名文、美文，就不再啰啰唆唆地申辩。只要做到别顾左右而言他、“词能达意”即可。

正所谓，“尔所不知，人其舍诸[1]”。

我从东北一个偏僻乡镇的初中毕业后，来到被称作“东北第一大都会”的仙台市，成为仙台医学专门学校的学生则是在明治三十七年的初秋。那一年二月，日本对俄宣战；我到仙台时，日本已经一举攻陷辽阳，接着又发动了对旅顺的总攻。当时，性子急的人们已经高喊着“近日攻下旅顺”，并商量起了庆祝会。大部分高年级学生希望能成为军医，立马奔赴战场。真不知是否该说当时人心单纯，总之学生们朝气蓬勃，在宿舍里就新武器的发明展开彻夜讨论，如今回想起来都让人忍俊不禁。比如，让旧藩时代的鹰匠训练老鹰，然后在老鹰的背上绑好炸药降落在敌人火药库的屋顶上；再如，在敌军的正上方引爆塞了辣椒的炮弹以迷敌人的眼。文明开化的学生们热衷于讨论这些与他们并不相符的、几乎令人觉得原始的古怪发明，我还听说有医专的两三个学生就“辣椒迷眼弹”的事联名写信寄去了部队大本营。更为血气方刚的学生觉得讨论发明太过温和，于是半夜爬上宿舍的屋顶吹起了喇叭。而这种军队喇叭在仙台的学生之间大为流行。舆论一方面觉得他们吵闹，认

① 你所不知道的，别人难道还会埋没他吗？出自《论语》。

为应该怒斥他们停止；另一方面却怂恿他们大干一场，成立喇叭会。总之开战才半年，国民的士气已经吞没了敌人，甚至令人觉得他们欢快得可笑。那时周先生就曾笑说："日本人的爱国心太天真无邪了。"但当时，不只是学生，连仙台的市民也都闹腾得像天真无邪的孩子，所以也只有被周先生这么说了。

在那之前只了解乡下小镇的我，光是有生以来第一次见识到大城市就已经兴奋不已，再遇上洋溢在整个城市中的异样盛况，我完全无心学习，每天都心神不宁地游走在仙台街头。称仙台为大都会或许会被东京人笑话，但那时的仙台已经有将近十万人口，电灯等设施也从十年前的甲午战争时就有了。在松岛座、森德座，定期会有出名的歌舞伎演员在明亮的电灯照耀下演出，而也有入场费只要五钱或八钱，所谓适合大众消费的廉价"站席"。我们穷学生多数都是这种"站席"的常客，而这还只是小剧场。其他大剧场如"仙台座"，气派豪华，能轻松容纳一千四五百人。在正月以及盂兰盆节这种日子，这里会上演全部由一流的名演员出演的大戏，门票也很贵。正月以及盂兰盆节之外，这里的演出也从不间断，比如浪花节、大魔术表演、无声电影等。另外，在东一番丁有一个叫作"开气馆"的曲艺场，地方小巧整洁，随时都在上演义大夫或是落语，东京有名的艺人几乎都来这里表演过。我们曾在这里听过竹本吕升的义大夫，很是心满意足。那个时候，芭蕉十字路成了仙台的中心，时髦的西洋风建筑鳞次栉比。但就繁华这一点来说，它已经不敌东一番丁了。东一番丁夜晚的喧哗是别具一格的，演出会持续到晚上十一点左右，松岛座前总是竖着威风凛凛的旗帜，挂着五六幅用胡粉画的诸如“四谷怪谈”“皿屋敷”等令人不由驻足的醒目招牌，虽说大受欢迎的男招待在剧场门口高声招呼客人的声音对我们而言也颇为怀念，但这里还有酒馆、荞麦面店、天妇罗店、斗鸡菜馆、烧鱼串、年糕小豆汤、烤红薯、寿司、野猪肉、鹿肉、牛肉锅、牛奶店、咖啡馆……东京有而仙台无的东西，大概只有市内铁路了。仙台既有大商场、面包店、蛋糕店、洋货店、乐器店，又有书籍杂志店、干洗店、酒类罐装食品店、进口香烟店，以及名为“兄弟轩”的西餐厅；可以听留声机的店、照相馆、台球房、夜间花铺也都开着，家家都挂着明亮的电灯，颇有一番“不夜城之花街”的意象。似乎转眼就能让孩童迷失的蜂拥人流也足以令我这个连东京小川町、浅草或是银座都没见识过的乡下人惊叹不已。总体来说，这里的藩祖政宗公，当年似乎也算是个风流人物，早在庆长十八年就特派支仓六右卫门常长去罗马出任特使，令他藩的保守派瞠目结舌，其影响或许还持续到了明治维新以后。仙台市内到处都有基督教堂，甚至到了若要谈论仙台风气就必须考虑到那里的基督教。基督教氛围浓郁的学校也有很多，明治时代的文人岩野泡鸣在年轻时似乎就是在东北学院接受了圣经教育。另外，听说岛崎藤村在明治二十九年从东京来到这所东北学院执教作文和英语。我在学生时代，也曾年少轻狂地喜爱吟诵藤村在仙台时期的诗，仍记得他的诗风也或多或少地受到了基督教的影响。正如这样，当时的仙台从地理上来看似乎距离日本的中心很远，但其在所谓的文明开化这一点上，早就敏感地跟上了中央的发展，我为仙台市街的繁华而惊异，更对街上到处都有学校、医院、教堂等文明开化的设施而诧异。此外，仙台还有着“审判之都”的传统，从江户时代的评定所，到维新以后的高等法院，之后又有了检察院。或许是这个缘故，挂在仙台的律师广告牌多到令人咂舌。也难怪那些身体壮实的乡下人会每天到处溜达——唔，我这是想安慰当时的自己。

我一面为仙台市内的文明开化而兴奋，一面又煞有介事地把仙台周边的名胜古迹探访了一遍。在瑞凤殿祈祷战争胜利后，又顺带登上了向山俯瞰仙台全貌。莫名地叹息之后，我望向右方遥远而烟波渺茫的太平洋，有种想要大喊的冲动。年轻时，无论看到什么听到什么，都会觉得那是对自己至关重要的大事而心潮起伏。我探访了著名的青叶城遗址，当我自由进出如今依旧留存着往昔庄严的城门时，我沉浸在不着边际的幻想里，想着自己若是出生在政宗公的时代会如何。我还去参观了被世人认为是先代萩政冈之墓的三泽初子的墓、支仓六右卫门的墓以及虽然没钱却不想死的六无斋林子平的墓。我在墓前颇有深意地鞠躬行礼。除此之外，我还去了榴之冈、樱之冈、三泷温泉、宫城原野以及多贺城址等地。我探索的脚步渐渐迈向了远方，终于下定决心利用两天连休去一览日本三景之一的松岛。

午后不久，我从仙台出发徒步走了大约四里路抵达盐釜时，太阳已经西斜，冷冽的秋风忽然渗透体内，使我不觉有些心慌。于是我决定明天再去参观松岛，这一天仅去参拜了盐釜神社，之后就在盐釜一家老旧的便宜旅馆里住下了。第二天我一早就起身，乘上了去松岛游览的船。共乘这条船的乘客有五六人，其中有一个和我一样穿戴着仙台医专制服制帽的学生。他鼻子下面留着稀疏的胡子，看起来似乎比我略为年长。但他那顶缝着绿线的医专方形制帽还很新，帽上的徽章也闪着耀眼的光，想来定是今年秋天入学的新生。我甚至觉得自己曾在教室里见过他一两次。不过，那一年有一百五十个从日本各地招来的新生，不，兴许还更多。什么东京组、大阪组，出身相同的新生们各自拉帮结伙，不论是在学校还是走在仙台的街头，他们都会在一起兴高采烈地嬉闹。但从我老家乡下的初中来医专的学生只有我一个，我本来就不爱说话，再加上那口十分土气的方言，我不但没有去和那些新生混在一起互开玩笑的勇气，反而变得孤僻别扭。我寄宿的地方在离学校很远的县厅后面，与同届的学生自然没有亲密的交往，就连和寄宿处的人家也很少交谈。虽然仙台人说话会有浓重的东北口音，但一遇上我的乡下方言，就根本算不上什么。我若想用东京腔说话倒也不是不行，但觉得既然都知道我是从乡下来的，若还装模作样地用东京腔会很丢人。这种感受只有乡下人才会懂，满嘴的乡下口音会被人笑话，但很努力去说东京话也许更会被嘲笑，最终，我只能做一个沉默的寡言居士。那个时候，我之所以会和其他新生疏远，除了语言交流的问题外还有一个原因，那就是我对自己身为医专的学生深感自豪。这就好比若只有一只鸟停在枯枝上，那它的姿态就不会很差，漆黑的翅膀亦会显得熠熠生辉；

但若是几十只鸟凑在一起喳喳乱叫，那就好像垃圾一般索然无味。同样，如果成群结队的医专学生大声喧嚣着走在街上，那么制帽的权威也会荡然无存，只让人觉得既蠢又脏。我存心要维护自己身为“高等学生”的尊严，故而也就避开他们。这么说固然很体面，但坦白说还有一个原因，我刚入学那阵，光顾着整天兴奋地在仙台的街上到处溜达，常常无故旷课，自然也就和其他新生疏远了。所以在游览松岛的船上遇到那个新生时，我也是吃了一惊，感觉很不凑巧。我本以为自己是乘客中唯一一名清高的学生，想要大肆装模作样地来一场松岛之旅，但船上有个和我穿戴着相同制服制帽的学生后什么都谈不上了。而且那个学生看着还像是城里人，文质彬彬，怎么看都比我一表人才，所以我甚是沮丧。他一定是个每天都认真上学、努力学习的好学生。因此当他清澈的眼神扫向我时，我也就低声下气地笑着对他点头致意。这样不行。船舷停了两只鸟，通常作为陪衬的那只鸟就会显得身体瘦弱、毛色暗淡。我狼狈地蜷着身子坐在离那个学生很远的角落里，努力不朝那个学生的方向看。他一定是个东京人，要是再口齿伶俐地用地道的东京腔来搭话我可受不了。所以我把脸别开，假装正沉醉在松岛的大好风光里。但我太在意那个学生了，就连欣赏芭蕉笔下的：

岛岛相连欲冲天，微波窄起惊云巅。

叠叠重重形无单，左边分开右边连。

分分连连共缠绵，如怜子孙情无边。

劲松蓊郁遮人眼，虬枝海风共寒暄。

苍然古景自不凡，巍巍山祇神公现。

造化天公在人间，泼墨道明需万年。

这番绝景也感到心情忐忑。船刚靠上雄岛岸，我就第一个从船上跳下沙滩，逃也似的往山那边去了。总算只有我一个人了，我松了一口气。在宽政年间出版了《东西游记》的著名医师橘南谷曾在《松岛纪行》中写过：“去松岛玩务必乘船，也定要登富山。”所以那个时候尽管已经有直接到松岛的火车，我还是特意走到盐釜，再从盐釜搭船，但因为跟穿戴和自己并无二致且看起来远远比自己优秀的学生同乘一条船，我的兴致便有些淡了。堪比洞庭、西湖的日本第一美景看起来似乎也不过是大海、岛屿、松树，我心中甚感遗憾，便思考着姑且去登富山，再尽情鸟瞰松岛全景，以弥补乘船时的不如意。我快步朝着山走去，却不知哪儿才是富山。算了，哪儿都好，总之只要能登上高的地方俯瞰松岛全景就好，这样就说得过去了。此刻我已无心浪漫，凭着一股莽汉的倔强拨开秋草，毫无章法地沿着细细的山路快步往上爬。觉得累了就停下脚步，回头望向松岛湾，不行，还不够，那橘氏断不会为这样的景色发出“松岛由八百零八个相互连接的小岛组成，宛如一幅风景画，并与西湖十分相似，极目远眺，缥缥缈缈，如烟如梦，堪称天下第一的绝景”的赞叹。橘氏一定是从更高的地方眺望，再往上爬吧，我重振精神，闯进了深山。但很快我似乎就走错了路，迷失在苍郁的树丛之中。我无心再眺望风景，惊慌失措地穿过树丛，却发现自己似乎到了后山，眼前的风景是一片平淡无奇的田地，还看到了沿着东北线行驶的火车奔驰而去。我这是爬过头了。我满心无趣地坐在草地上，因为感到饿了，就吃了让旅店的人做的饭团。随后我就筋疲力尽地躺倒，迷迷糊糊地睡了过去。

蒙眬中隐约传来了歌声，我侧耳细听，却是当时的小学歌曲《云之歌》：

瞬间覆盖过山

再望已飘过海

唯有云变幻莫测
云儿哟，云儿哟
时而变雨，时而化雾
美妙而神奇
云儿哟，云儿哟……

我不由得失笑，也不知该说是跑调了还是怎样，总之就是很糟糕。唱歌的不是小孩，而是个有着破锣嗓的成人，那歌声实在令人惊讶。我小学时唱歌也很差劲儿，能唱好的也就只有《君之代》这一首了。但比起这位令人震撼的歌声，我觉得还是自己唱得更好些。我默默地听着，而那唱歌之人却肆无忌惮地一遍又一遍唱着这首歌。也许那唱歌的人早知自己唱得不好，无可奈何之下才会在这远离人烟的山里悄悄练习唱歌吧。这样一想，同样唱不好歌的我不由得对那唱歌之人有了几分亲近，想要见他一面的冲动油然而生。我站起身，循着那不堪入耳的歌声在山里转悠。那歌声时而很近，时而忽然转远，但唱歌的练习始终没有停下，而我也突然走到了那唱歌之人的面前，几乎就要撞个满怀。我固然很是慌张，但对方却似乎更加狼狈。正是那个看起来很优秀的学生，他白净的脸涨得通红，不好意思地打招呼说：“方才失礼了。”

他说话有口音，我立刻就断定他不是东京人。我一直都苦恼于自己的乡下口音，也同样对别人说话时的口音敏感。我想着说不定他是来自我家乡那一带的学生，便对这位“歌唱大天才”就越发有了亲近之意。

“不不，是我失礼了。”我故意强调了自己的乡下口音。

后边有座长着松树林的小山丘，从那儿远眺松岛湾的景致很不错。

“嗯，就是这个地方吗？”我和那学生并肩站着眺望眼前号称日本第一的风景，“是我对景观无感吗？从刚才在这山上溜达时我就完全不明白这松岛到底哪里好。”

“我也不明白。”那学生的东京腔说得结结巴巴，“不过，我觉得大致还是能理解。这种安静，不，是寂静。”他说到一半停住了，苦笑着冒出了一个德语，“Silentium[①]，因为太静了，静得令人不安，我就大声唱起歌来，但没用。”

我本想说“不，松岛也被你那歌声震动了”，不过还是忍住了。

“太静了，所以想要再有些什么。”那个学生认真地说，

① 德文“安静”。

“春天是什么样呢？海岸那边会不会长有樱花？花瓣飘落在海浪上，然后再下点雨。”

“原来如此，如果是这样倒是可以理解。”这人说话很有意思，我心下暗暗佩服，“不过这种景色似乎很适合老年人。实在缺乏情趣。”我乘势说起了扫兴的话。

那学生的脸上浮起暧昧的微笑，点燃了烟：“不，这就是日本的情趣吧，让人会想要再有些什么东西。沉默。Sittsamkeit[①]，或许真正好的艺术就是这种感觉的东西。不过我还不是太懂。我只是对以前的日本人会把这么寂静的地方选为日本三景之一而感到惊叹。这片景色毫无人间气息，我们国家的人是无法忍受这种孤寂的。”

“您家乡是哪里？”我不假思索地问道。

对方露出奇妙的笑容，默默地看着我的脸。我有些不安，再一次问：“是东北吗？是吗？”

对方的脸色突然不高兴了：“是中国，你不可能不知道。”

“啊！”我恍然大悟。我听说过今年仙台医专来了一名中国留学生，和我们同时入学。看来就是他了。怪不得歌唱得不好，说话也带着几分生硬的演讲腔。原来是这样。

---

① 德文“庄重”。

"真对不起，我是真的不知道。我来自东北乡下，既没有朋友，又觉得学校很无聊，实际上经常缺席新学期的课程，所以对学校里的事一无所知。我就是一只孤独的鸟。"我自己都很意外我竟能这么轻易地说出自己的想法。

我之后想过，那么害怕同从东京、大阪等地来的学生相处，连和寄宿的人家都无法交流，虽然不至于讨厌所有的人，但在惧怕陌生人这一点上绝不输给任何人的我竟然能和一个来自海对面的遥远异国的留学生——距离远远超过东京、大阪——毫无芥蒂地亲密交谈，这果然要归功于周先生伟大的人格魅力，但还有一个不上台面的理由，就是只有在和周先生谈话时，我才能把自己从身为乡下人的忧郁中完全解放出来。事实上，我和周先生谈话时，丝毫没有为自己的乡下口音感到苦恼，总是能很轻松自在地打趣或是开着玩笑，这连我自己都感到不可思议。如果对方是日本人，那么即使我暗中使力鞭策自己僵硬的舌头去豪爽地说出地道东京腔，或许也会为"那家伙分明是个乡下人还要说奇怪的卷舌音"而心生厌烦，甚至会被大肆嘲笑，而这位异国来的朋友毕竟不会注意这些，别说他从没嘲笑过我的口音，连有一次我问他："你觉得我说话奇怪吗？"他甚至一脸诧异地说："当然没有了，我觉得你说话抑扬顿挫，很容易懂。”总之，我因为找到了一个说东京腔比我还费力的人而心情大好，而这说不定就是我和周先生亲密交往的开端。这样的说法虽然很可笑，但我自信于自己的日语确实胜过这位中国留学生。因此，我在松岛的那个山丘上也因为知道对方是中国人而有了勇气，说话也轻松了。我寻思着既然对方会说德语那我也不能落了下风，甚至说出了“孤独的鸟”这种令人作呕的单词。但那个留学生看起来却很喜欢“孤独”这个词，他一边喃喃重复着“Einsam”[①]，一边看着远方仿佛在思考，然后突然说：“那我就是 Wandervogel[②] 了，我没有故乡。”

候鸟，原来如此，他真会说。看来他的德语远比我高明，我立刻改变了作战方法，决定还是不说德语为妙：“但如果你回到中国，就会有很气派的房子吧？”我问了他一个很俗的问题。

他没有直接回答这个问题，只是微微红了脸，笑着说：“今后我们好好相处吧！你讨厌中国人吗？”

“还可以吧。”啊，为什么当时我会给出那样没有诚意、

① 德文“孤独”。
② 德文“候鸟”。

轻薄至极的回答呢？之后我多番思考，那个时候的周先生不堪心中孤独寂寥，对与故乡西湖相似的松岛风景产生憧憬，但独自悄然来到这里后，还是无法排遣忧愁，于是自暴自弃地大声唱着自己不擅长的歌曲，在这种情况下，他一定是真心想和突然出现在眼前的这个笨拙的日本医学生交朋友。我却因为找到了一个看来可以自由尝试东京腔却不用有所顾忌的对象而欢天喜地，丝毫没有体谅他的心情，只是心不在焉地顺着他的话说出了“还可以”，到头来我甚至还冒出了“我很喜欢中国人”这种平时根本就没想过的话。

“谢谢。虽然有点失礼，但你……很像我弟弟。”

“我很荣幸。”我表现出仿佛地道的城里人的那种浅薄的社交姿态，“你弟弟也像你一样，很聪明吧？这点似乎跟我不像。”

“是吗？”他爽朗地笑了，“还有你是有钱人，我弟弟是穷光蛋。这一点也不一样。”

“怎么可能。”即使是外交家，对他的这句话也没有应对之法。

“真的。我父亲去世后，全家各奔东西。虽说故乡仍在，但就跟没有一样。在优越的家境中长大的孩子如果突然没有了家，就不得不面对‘社会’的真相。我寄居在亲戚家时，还被说成是要饭的。但是，我没有认输，不，说不定已经输了。der Bettler[①]。”他小声说着，又用鞋尖踩着扔在地上的烟，“在中国，乞丐被称为HUAZI，写出来就是花子。明明在乞讨，却又anmassen[②]要Blume[③]，这根本就不Humor[④]。这就是愚蠢的Eitelkeit[⑤]。是的，在我体内或许也流淌着这种虚荣的Blut[⑥]。不，现在的中国就ganz[⑦]是这样。当今世界上靠着可悲的虚荣在生活的，就只有那些Dame[⑧]，就只有那些Gans[⑨]。”

他一激动德语就越发冒个没完，临阵磨枪的社交家只好闭嘴一阵。相比东京腔，我更不擅长德语。我心下窘迫，到末了只能用这么一句话来报一箭之仇：“看来比起你本国的语言，你更擅长德语呀。”总之要设法封印他的德语。

“并不是那样。”对方似乎没能领会我的讽刺，他摇着

---

① 德文“乞丐”。
② 德文“蛮横地主张”。
③ 德文“花”，文中“叫花子”的“花”此处被译为“花朵”。
④ 德文“幽默”。
⑤ 德文“虚荣”。
⑥ 德文“血液”。
⑦ 德文“完全”。
⑧ 德文“贵妇”。
⑨ 德文“蠢女人”。

头认真地说，“因为我觉得我的日语不太好懂。”

“不，不。”我赶紧抓住这个机会，“你的日语非常好。就请只和我说日语吧！我的德语还不太行，多谢。”

“别这样。”对方突然一阵腼腆，然后换成一种很沉稳的语气，“我刚才说的都是些蠢话。不过，今后我还是想认真学习德语。日本医学的先驱杉田玄白也是先从学习语言开始的。藤野先生在第一堂课时也给我们讲了杉田玄白学习兰学的苦心，你那时——”他说到一半，忽然看着我的脸诡异地笑了。

“我缺席了。”

“是吧。那个时候我没有看到你。其实我从开学典礼那天就知道你了。开学典礼的时候，你没戴制帽就来了吧。”

“是啊，我觉得戴那顶制帽怪难为情的。”

“我就知道，一定是那样。那天没戴制帽的新生有两个。一个是你，还有一个，是我。”他说着抿嘴一笑。

“是吗？”我也笑了，“这么说来，你也是——”

“是的，觉得很难为情，因为那帽子很像乐队的帽子。从那以后，我每次去学校都会找寻你的身影。今天早上和你同船，我很高兴。但你在回避我。下船后你已经不见了。不过，还是在这里遇到了。”

“风冷了，我们下去吧。”我莫名地感到不好意思，于是转变了话题。

“是啊。”他轻轻点头。

我平心静气地跟在周先生的身后下了山。我开始觉得这个人就好像是自己的亲人。身后的松树林响起了松籁。

“啊。”周先生转过身，“这样就完整了。我就想着再有点什么，有了这吹动松枝的风声，松岛就完美了。松岛果然是日本第一。”

“虽然经你这么一说，我也有这种感觉。但我总觉得还是有什么不够。我听说这附近的山上有棵‘西行回首松’，不过那并不是说西行因为喜欢某棵松树的样子而折返回来欣赏它的树枝。据说是西行来松岛后也觉得有些美中不足，在心情失落的返程路上，他不安地感到自己似乎看漏了某些重要的东西，于是就从那棵松树所在的地方又折返回了松岛。”

“你会有这种不满，是因为你太热爱这片国土了。我出生于浙江省的绍兴，那一带被称为东方威尼斯，附近还有著名的西湖。有许多外国人去那里，并且对那里赞不绝口，但在我们看来，那片景色有太多生活的粉饰，一点也不觉得感动。可以说是人类历史的粉饰吧。西湖那些都是清政府的园林，像西湖十景、三十六名迹、七十二胜景，全都有人工修凿的痕迹。松岛却完全没有这些，它被隔绝在人类历史之外。文人墨客都无法玷污它。据说连天才芭蕉也没能把松岛写成诗，不是吗？”

“但是，芭蕉似乎曾把松岛比作西湖。”

“那是因为芭蕉没有见过西湖的风景。如果真的看到，他就不会那样说了。松岛和西湖完全不一样，或许倒是更像舟山列岛。可是，浙江的海也没有这么安静。”

“是吗？日本的文人墨客对贵国的西湖十分憧憬，他们之所以会远道而来这里参观，也是因为听说松岛和西湖很像。”

“我也听说过这个。就是因为听说了才来这里看的，但是一点儿都不像。贵国的文人也得早些从西湖梦里醒来才是。”

“不过，西湖也一定有它的好吧。你也是因为太过热爱自己的故乡，所以才会打分严格吧！”

“也许是这样。因为真正的爱国之人反而会说国家的坏话。但比起所谓的西湖十景，我更热爱浙江乡下普通运河的风景。对我来说，我国的文人墨客大肆称道的名胜，我一个都不觉得好。虽然钱塘江的大潮还是能让我感到些兴奋，但其他就不行了。我不相信那些人，他们就和贵国的浪荡子弟一样，其文章游离于现实，而且堕落。”

我们下了山，来到海边。大海在斜阳下闪着红彤彤的光。

“真不错！”周先生微笑着把双手背在身后，“月夜会如何呢？今天当是阴历十三，你现在马上就要回去吗？”

“我还没决定，学校明天也放假吧。”

“是啊。我想看看松岛的月夜，你能陪我吗？”

“可以啊。”

我根本就无所谓。即使学校不放假，在这之前我也经常擅自缺席，我会利用这两天连休来这里也是顾虑到我借宿的那家人。在他们面前表现得太过怠惰总是不好，所以我才规规矩矩地选了这几天。实际上，对我来说，两连休也好，三连休也罢，这些都不是问题。

因为我答应得太过唯唯诺诺，周先生似乎敏感地察觉到了什么，他提高嗓音笑着说：“不过，后天到了学校，和我一块儿记讲课的笔记吧！虽然我的笔记做得不太好，但笔记是我们学生的……”他顿了顿，又说，“像是 Preiszettel[①] 一样的东西。”他又用了我不擅长的德语，“就是标有多少日元

① 德文“标牌”。

多少钱的牌子。没有这个，别人就不会相信我们。这是学生的宿命。即使觉得枯燥也得记笔记。不过，藤野先生的课很有趣的。”

从我们初次交谈的那天起，周先生就多次提到藤野先生的名字。

那天，我和周先生一起投宿于松岛海滨的旅馆。现在想起来，不由对当时毫无戒备的自己感到不可思议，但正直的人总能给人一种安全感。我对这个中国留学生已经完全放下了心。周先生换上旅馆的棉和服后，英俊得像个大少爷。说话方面，他的东京腔也在我之上，不过他对旅馆的女佣说得像是“请你就那样做”“稍稍有些冷呀”之类的宛如女性一般的用语让我感到很不舒坦。忍无可忍之下我噘着嘴抗议，让他不要再那么说话时，周先生一脸诧异地回答：“但是在日本，对小孩子讲话会说おてて、だの、あんよだの、そうでチュか、そうでチュか这样的儿童用语吧，所以对女性说话时也应该用女性用语才对吧。”我说：“但那样很做作，让人听不下去。”然后周先生就对“做作”这个词感慨道：“日本的美学实在很严格，大概世界上哪儿都没有‘做作’这种戒律吧。现在中国的文明就是非常地装腔作势。”那天夜里，我们在旅馆里喝了点儿酒，谈笑风生直到深夜，几乎忘了要欣赏月色下的松岛。周先生后来也说来日本以后还从没有过这么畅所欲言的夜晚。

周先生在那晚以惊人的热情讲述了他生平的志向、希望以及中国的现状。他反复重述东洋国家当前的问题在于科学。他说日本的飞跃也是由一群兰医拉开的序幕。如果中国不尽早掌握西洋科学以对抗列强，还是迷醉于老大帝国的自吹自擂，那就只能眼看着步入隔壁印度的后尘了。东洋自古在精神领域的深刻成就是西洋无可比拟的，听说西洋最优秀的哲学家只是稍窥其中门道就已为之震惊，但他们却打算用科学来补足精神领域的匮乏。科学应用能给人类的现实生活带来直接好处，所以对这个世界上的生命有着强烈执着的红毛人取得了惊人的进步，甚至渗透到了东方的精神领域。日本最早意识到了科学的威猛，并率先学以致用来守护自己的国家。这不但没有扰乱日本国风，还使日本成功地掌握了它，一举成为东洋最先进的独立国家。科学未必就是对人类最好的恩惠，但如果能一只手托起玄奥思想之玉，另一只手握住如日中天的科学之剑，那么列强都无法动其哪怕一根手指，其定会成为天下无双的理想国家。清政府面对科学的威猛无能为力。即使遭受列强的侵略，也装出大河无谓细流污染的自信，不肯面对失败，只是一味地急欲弥补老大帝国的面子，没有正视并研究可谓西洋文明本质的科学，一成不变地鼓励学习八股文之类的繁文缛节，已经到了被列强暗自嘲笑其沐猴而冠的滑稽自尊的地步。他说他的爱国之心绝不输给任何人。正因为深爱，才会有强烈的不满。现在的中国，一言蔽之就是怠惰。他们陶醉在莫名其妙的自负中。古代文明的历史并非中国独有，印度没吗，埃及没吗，而那些国家的现状又是怎样的？中国应该战栗。这种以不变应万变的自负心一定会导致中国自取灭亡。如今的中国已经不能从容了，必须抛弃自我沉醉，去和西方科学的威猛战斗。要与之战斗，除了毅然投身虎穴，早日掌握其精髓之外别无他法。他听说过最早向日本德川幕府的锁国政策敲响警钟的是被称为“兰学”的西方科学。他说他想成为中国的杉田玄白。

在科学方面，最让他心动的是西洋医学。为什么在西洋科学之中会特别关注医学呢？其中一个原因就是幼年时的悲伤体验：“我们家原来多少有些土地，在别人看来也算是富裕人家了。但在我十三岁时，祖父因为插手了某件麻烦事而锒铛入狱，一家人马上就遭到了亲戚、邻居的迫害。再加上父亲重病卧床，家庭突然陷入困境。我和弟弟因此被送去了亲戚家。但亲戚家的人却说我是要饭的，我愤慨之下就回了自己家。之后的三年里，我每天都在当铺和药店之间奔走，而父亲的病情却完全没有好转。药店柜台和我身高差不多，而当铺的柜台则要再高一倍。我把衣物还有首饰放在当铺高高的柜台上，在被当铺的人嘲讽这是什么破烂，接过一点儿钱之后，就马上跑去药店。回到家后，又要忙别的事。给父亲看病的医生在当地虽然被人称为名医，但其处方却甚为奇特，必须要芦根和经霜三年的甘蔗。我每天早晨都得去河边挖芦根，再四处寻找经霜三年的甘蔗。这个医生治了两年，父亲的病却越来越重。之后就换了医生，找了更有名的医生。这次不再需要芦根和经霜三年的甘蔗了，取而代之的是蟋蟀一对、平地木十株还有败鼓皮丸等匪夷所思的东西。‘蟋蟀一对’还注明了‘原配，即本在一巢中者’，似乎这昆虫如果没了贞节也就没用了，续弦或是再嫁后就连做药的资格也没了。不过要找这个对我倒不算为难。我们家后院被称为百草园，是个杂草丛生的大园子，是我儿时的乐园。在那里能找到许多蟋蟀窝，我自说自话地认定住同一窝的两只蟋蟀就是所谓的‘原配’，将它们用线一缚，活活地掷入药罐里的沸汤就算完事。但‘平地木十株’就令人茫然了，谁也不知道那是什么东西。问药店、问乡下人、问卖草药的、问老年人、问读书人、问木匠，都只是摇摇头，临末才记起那远房的叔祖，以前就爱种一点花木的老人，跑去一问，他果然知道，那是生在山中树下的一种小树，能结红子如小珊瑚珠的，一般都称为‘老弗大’。就这样，‘平地木十株’也算解决了。还有一个，就是名叫‘败鼓皮丸’的怪东西。据说这丸药是先生引以为豪的处方，对父亲那种有水肿的病人有卓越疗效。这一种神药，全城只有一家出售，而且离我家就有五里。另外，那神药是用打破的旧鼓皮做成的，道理似乎就是水肿一名鼓胀，一用打破的鼓皮自然就可以克服它。尽管当时我还是个孩子，但也没法相信打破的鼓皮能奏效，往返五里路去买那丸药很痛苦。但我的那些努力还是全部白费了。父亲的病日渐加重，几乎奄奄一息。可那位名医却坦然自若地在濒临死亡的父亲枕边问我：‘这是前世造的某个业，古人有云：“医能医病，不能医命。”但还有个办法，就是我的家传秘方，把一种灵丹放在病人的舌头上。古人有云：“舌乃心之灵苗。”虽然这灵丹现在很难得，如果你想要我也可以让给你，还给你特别优惠的价格，一盒只要两块钱。如何？’我犹豫不决，没能立刻回答。病床上的父亲看着我的脸幽幽地摇了摇头。父亲似乎跟我一样对这位名医的处方绝望了。我无计可施，只能坐在父亲的枕边等着父亲离世。一天早上，父亲眼看要不行了，挺爱管事的邻居衍太太赶来看了眼父亲后，一脸震惊地训斥我：‘你发什么呆呢？你父亲的魂魄这不都要飞去鬼界了嘛！快叫回来，大声叫“父亲、父亲”，如果不叫的话，你父亲会死的！’我并不相信占卜之类的东西，但这一刻却和落水者抓住救命稻草一样，连连大声喊起了‘父亲！父亲’。一旁的衍太太催着我：‘再大声！再大声！’我不停地喊，喉咙几乎都要出血，但终究没能留住父亲的灵魂。父亲的身子在我的喊声中变凉了。那是发生在父亲三十七岁、我十六岁那年初秋的事。我至今都记得自己那时的喊声。我忘不了。每当想起自己当时的声音，我就感到无法抑制的愤怒。我气愤于自己年少时的无知，更愤懑于中国的现状。经霜三年的甘蔗、原配的蟋蟀、败鼓皮丸，那都是什么玩意儿？根本就是恶毒的欺诈。而大声喊叫就能留住垂死病人的灵魂也是羞耻难堪的思想。再有，‘医能医病，不能医命’就是胡扯。不过是一些厚颜无耻之人的搪塞之词。我不知道‘舌乃心之灵苗’是哪一位圣人君子的话，也不懂这是在说什么，完全就是死语。看啊，中国圣贤们的良言已成为骗子行骗的利器。我们从小就被迫背诵着圣贤的话长大，东洋引以为荣的所谓‘古人之言’已经堕落为社交的诡辩辞令，滋生着可憎的伪善和愚蠢的迷信，完全丧失了这些思想产生时的本来面目。无论多么伟大的思想，一旦被当作客厅里欢谈的装饰，其生命也就湮灭。它已不再是思想，而成为文字的游戏。曾经是西洋无法比拟的卓越东洋精神界也因为常年沉醉于怠惰与自恋而不再丰穰，渐渐干枯。

“这样下去不行。在父亲死后，我渐渐开始对周围的生活产生怀疑和反感，懊恼焦虑之后，我终于背井离乡去了南京。我想要学习新学问，什么都行。母亲哭着与我惜别，给了我东拼西凑的八块大洋。我拿着那八块大洋，走上异路、逃往异地，探索别样的人生。到了南京要找什么样的学校呢？首先必须是不要学费的学校，江南水师学堂符合这个条件，我便先去了那里。那是一所海军学校，我马上就被要求练习爬桅杆，但几乎没有教我什么新学问，仅仅教了一些‘It is a cat.Is it a rat?’之类的初级英语。就在那时，那位康有为提出了，‘效法日本维新、革除旧制、探索新知、谋求国力’，向皇帝进谏了‘变法自强之说’并被接纳，当他开始着手对国家进行变革时，却遭到了以叶赫那拉氏Dame为首的守旧势力的阻挠，新政执行了一百天就失败了，皇帝被软禁，康有为、梁启超等人险遭杀害，逃亡到日本。我无法心安地漠视戊戌政变的悲剧而去大声朗读‘It is a cat'。

"我当时已经十八岁了，不能再这么浑浑噩噩。我想早日接触新知识的核心，于是下定决心转校。这次我选择了南京的矿路学堂，这里也不用交学费。因为是矿山的学校，所以除了地质学、矿物学外，还有物理学、化学、博物学等新的洋学科目，我总算平静了些。语言方面也不再是'It is a cat'，而是教'der Man，die Frau，das Kind'[1]。因为我一直都隐隐觉得德语比英语更接近洋学的核心，所以这是又一桩让我欢喜的事。那里的校长也是一个新党，似乎很喜欢读梁启超主笔的杂志《时务报》，也暗暗对'变法自强说'给予肯定，语文考试也不像其他儒学先生那样考古代圣贤们的话，而是会出像是'华盛顿论'这样时髦的问题。结果儒学先生们看到那个问题，反而悄悄地询问自己的学生'华盛顿是怎么回事'。读新书的风气也在同学间流行开。其中严复翻译的《天演论》尤其受到大家欢迎。那是博物学家Thomas Huxley（托马斯·赫胥黎）所著的*Evolution and Ethics*（《进化与伦理》）的汉译本。我自己也在某个星期天去城南买了一本。厚厚的印刷本，正好五百文。

① 德文"他是男人，她是女人，他是小孩"。

我一口气就把它读完了，至今都能一字不落地背出开头几页的内容。各种译本陆续出版。因为我们的外语还没有达到能读懂原著的水平，所以只能依靠新出版的汉译本。《物竞》出版了，《天择》也出版了。我们知道了苏格拉底，知道了柏拉图，还知道了斯多葛。我们读所有能弄到手的书。当时，读这种新书被认为是把灵魂出卖给洋鬼子的不知廉耻的行为，必然受到来自社会的强烈侮蔑和排斥。但我们完全不在意，坦然地在‘恶魔’的洞穴中探险。

“虽然学校没有生理课，但我们读了木版印刷的《全体新论》和《化学卫生论》后，终于明确地认识到中国的医术不过是一种有意无意的骗术。我的心中风起云涌，而维新救国思想也同样在中国的知识界掀起了狂风。那时德国已经租借了胶州湾，俄国租借了大连，英国租借了对岸的威海卫，法兰西租借了南方的广州湾，各个国家在中国渐渐获得了和铁路、矿山相关的各种权利。美国从很早就盯上了东洋，那个时候也终于得到了夏威夷，之后更是长驱直入，加快了侵略东方的步伐，在与西班牙的战争中占领了菲律宾，并立足于此，开始了对中国各种无理的干涉。中国的独立性已如风中残烛，救国的呼声当然也响彻全国。但是，中国的不幸接踵而至，戊戌政变是其一，两年后八国联军入侵北京，这一致命劫乱更是把清廷的无能暴露在全世界面前。

“虽然我在翌年十二月从矿路学堂毕业，但没有成为矿山技师，找出金银铜铁的矿脉的信心。而且我进这所学校也不是因为想当一名矿山技师，我是为了能让现在的中国变得更好，才想要研究一些新学问。因此在这所学校的三年里，与其说我是在学习矿山学，不如说我是只顾着学习西洋科学的本质。所以那时的我只是徒有毕业之名，并无矿山技师的资格。我也已经二十一岁了，必须早日决定自己的人生道路。义和团之乱不仅让列强，也让中国民众看透了清廷的无能。为了保持中国的独立性，当务之急是进行倒清兴汉的大革命，这种思潮在当时澎湃而起，之前流亡海外的孙文也已完成其政治纲领‘三民主义’，并以此举起中国革命的旗帜来指导国内的同志。我们洋学派的学生大多也成为‘三民主义’的狂热信奉者，我们高呼，‘打倒腐朽的清政府，建立汉民族的新中国，抵抗列强侵略，保全民族独立’。放弃学业、直接投身于革命运动的人也不在少数。我也受到这股风潮的刺激。虽然我已经察觉到为了挽救中国的危急，必须果断地进行某种革命，但我觉得最紧要的莫过于更深刻地探明列国文明的本质。自己的知识尚幼稚，可以说近乎一无所知。我理解立刻放弃学业投身于政治运动的青年们的忧国热情，即使我跟他们有着相同的终极目标，但比起实际的政治运动，我现下的热情更燃烧在探究列国富强的根源上。当时我还没能清楚地断定那就是科学，但我估摸只要去了德国或许就能最切实地掌握西洋文明的精髓。我想也许自己的人生道路也能通过去德国留学解决。但我很贫穷，离别故乡来南京就已耗尽了全部的精力，再要去万里之外的德国留学，简直就是觊觎云中楼阁的痴心妄想。如果没有希望去德国留学，那就只有一条路——去日本。

“那时，清政府开始出资每年送一小部分留学生去日本。两三年前张之洞在其著名的《劝学篇》里也大力阐明了去日本留学的必要性。日本只是个小国，要问其为何能如此兴盛，伊藤、山县、夏本、陆奥等人都是二十年前就留洋的学生，他们愤慨于西方国家对本国的威胁，百余人分赴德国、法国、英国。他们或学习政治工商，或学习水陆兵法，学成归来后成为治国将相。世人用‘改变政事以傲视东方’等论调赞美日本，并得出了‘出国留学，西洋逊于日本’的结论。理由如下：

一、路途近、费用低，适于派遣大批学生。

二、日文与汉文相近，易于通晓。

三、西学繁缛，日本已删减西学无关紧要之处并酌以修改。

四、日本与中国风俗相近，易于效仿，事半功倍乃首选之事。

“基于此，去日本留学绝非仰慕日本固有的国风，虽然要学习的是西洋文明，但因为日本已经将西洋文明去芜存菁并成功地归为己用，所以才不特意地远赴西洋学习，而是在邻国日本学习，这样更能经济有效地吸收西洋文明。我觉得说正是出于这样的便宜主义才会鼓励去日本留学也不为过。当时，赴日留学的学生年年增加，但几乎全是怀着和《劝学篇》中的思想大同小异的歪曲意图去日本留学的。我必须承认自己也不例外，是因为不可能去德国留学才取而代之想要去日本留学，我参加并通过了政府的留学生考试。但日本是个什么样的地方，我一点儿预备知识都没有。我去拜访了矿路学堂里曾经游历日本的学长，讨教日本留学的心得。据那学长所言，去了日本最难忍的是布袜，日本的布袜根本没法穿，尽量多带些中国的布袜就好。此外有时候用纸币不方便，最好全部换成日本的银圆带去。这样就差不多了。所以我立即买了十双中国布袜，又把所有的钱全部换成了日本的一元银币，我小心翼翼地带着沉沉的钱袋，从上海乘船去往横滨。但那位学长的留学心得似乎已经有些过时了。在日本，学生必须身着制服，脚穿皮鞋和袜子，完全用不到布袜。更让人发窘的是一元银币在日本很早就已经作废，为了把它们换成日本纸币，我费了不少功夫。不过那已经是后话了。

“我在明治三十五年、我二十二岁那年的二月，顺利地自横滨上岸。日本！这就是日本！我终于能够在这个先进国家钻研新学问了。当我想到这一点，一种从未有过、难以言表的喜悦暖暖地涌上心头，甚至连去德国的志向也一并消散。我真的觉得那种不可思议的解放般的喜悦在我今后的人生中，除了完成重建中国的那天以外，怕是再也体会不到了。然后我乘上了开往新桥的火车，看了眼窗外的风景，直觉日本有着在世界上任何地方都没有的独特的清洁感。田地被整理得井然有序——或许是无意识的，与之相连的工厂街上，滚滚黑烟遮住了天空，却能感觉工厂与工厂之间凉风习习，那种新鲜的秩序和紧张的气氛在中国是全然看不到的。之后每当我在清晨的东京街头散步时，看到家家户户的女人们头上顶着崭新的白毛巾，扎起袖口，忙碌地用掸子掸纸拉门的模样，总会觉得那沐浴着朝阳、可爱而紧张的姿态才是日本的象征，甚至觉得有些理解了神国的本质。我在最初对横滨、新桥的一瞥之中就轻易地看到了与之相似的清洁感。总而言之就是恰如其分。无论在哪儿都看不到倦怠的身影。我心中高呼来日本真好，兴奋地坐不住，虽然车上有许多座位，但从横滨到新桥的一小时里，我几乎都是站着的。到了东京，在留学的学长的关照下我找好了寄宿之处后，去了上野公园、浅草公园、芝公园、隅田堤、飞鸟山公园、帝室博物馆、东京教育博物馆、动物园、帝国大学植物园、帝国图书馆，我忘乎所以，就同你方才说的你初到仙台时一般兴奋，不，恐怕有那十倍的欢天喜地。我没事就在东京市内逛，但没过多久，当我进入牛込的弘文学院学习后，就渐渐从这甘甜的陶醉中清醒了，往昔的疑虑和忧郁动不动就会袭上心头。

“在我来东京的明治三十五年前后，中国留学生的人数也急剧增加，仅仅在两三年里，会集在东京的中国留学生就有两千人以上。面对这种情况，首先是教授日语，后来教授地理、历史、数学等基础知识的学校陆续在东京出现，其中还有看起来很可疑的速成教育、专门为赚一笔而开设的劣质学校。不过在这么多学校里，我们入学的弘文学院，可以说是留日学生的大本营。学校规模大、设备全，教师和学生都相对认真，即使这样，我的心情还是无可救药地一天比一天沉闷。有一点就如你刚才所说的那样，如果聚集了数百只羽色相同的鸟，看起来就会猥杂，或许就有了同类相轻的可笑心理；虽然我也努力想要对自己身为中国留学生、是被特别选派而来的秀才感到自豪，但被选中的秀才太多了，他们徘徊在东京的大街小巷，我也难免心情失落。到了春天，上野公园万朵盛开的樱花确实如绯红的轻云，但花下必定躺着一群被选中的秀才谈笑风生，我也就无心再观赏烂漫的樱花了。那些秀才把辫子一圈圈地盘到头顶，再扣上制帽，制帽被不自然地顶起，形成了一座座富士山，简直滑稽至极。其中也有些爱打扮的，为了不让制帽拱起而想出了新法子，他们把辫子平平地盘在头后，再用油压伏贴了。虽然用心良苦，但脱帽之后，就有种分不出男女的奇怪感觉，他们的背影出奇地妖冶，令人不禁毛骨悚然。但更让人无法忍受的是，他们反倒是用蔑视的眼光看着像我这样剪掉发辫的人。这群被选中的秀才蜂拥乘坐市街铁道交通时，像是要展示从礼仪之邦来的人的风范一般，嚷嚷着互相让座，甲让给乙，乙拒绝再让给丙，丙推辞又让给丁，丁再点头哈腰地请甲去坐。日本的男女老少乘客看得发愣时，电车咣当发车，于是留学生们就在大声叫嚷的相互谦让声中集体倒下。我躲在角落里看着他们，只感到难以言表的害臊。但是，不应该太过责备他们。装模作样地觉得同胞们幼稚的努力很难堪的自己或许才有罪。我的忧郁还有个原因，那就是学生们的不用功。虽然我还不甚了解中国革命运动的现状，但三合会、哥老会、兴中会等革命党秘密结社，已经奉孙文为盟主，完成了大同团结。先来日本逃难的改良主义康有为一派与孙文派的民族革命思想无法达成共识，于是康有为似乎悄悄地离开日本去了欧洲，如今孙文的所谓三民五宪占据了压倒性优势，以被确立的主义纲领为基础，孙文自己也进入了实际行动的状态，并越发活跃。他们得到了日本志士的支援并定下种种策划，最近东京似乎成了中国革命的根据地，留日学生们也异常兴奋，一有机会就高喊倒清兴汉，差不多要不顾一切地抛下学业。不过，这也是忧国的至情至性，我觉得也无可厚非，但其中也有人盘算着想要趁乱让自己出人头地，更过分的是甚至有那种通过我刚才提过的速成教育，学习了制造肥皂等物的方法，留学短短一个月就获得了可疑的毕业证书，然后耀武扬威地吹嘘着要立刻回国靠制造肥皂发财的怪人。我有时会因为有事出门去神田骏河台的中国留学生会馆，每次都能听到二楼传来好似大乱斗一般咚咚咚的嘈杂声，楼下的天花板也因此震动，楼下总是因为从天花板落下的粉尘而烟雾弥漫。因为这种异常情况实在太多，有一天我就问事务室的人二楼在闹什么，日本的大叔苦笑着告诉我，那是学生们正在练习跳舞。我已经无法忍受和这些秀才在一起了。现在对于中国来说，正是十分需要新学问的时刻。为了对抗列强的威猛，倒清兴汉的政治运动当然是紧要任务，但通过新学问来探明列国威力的本质不更是我们学生所背负的职责吗？我本就尊敬孙先生，在响应他的三民五宪说上也不甘人后，但在三民主义的民族、民权、民生的说法里，我最能理解的是民生这条。我眼前总是会闪过自己少年时代的那三年，为了医好父亲的病而每天往返于当铺和药房柜台之间，相信被称为名医的骗子到处寻找平地木与原配蟋蟀的悲惨身影。失眠的夜晚，隐隐传入耳中的声音，是自己指望愚蠢的迷信，为了留住父亲的灵魂而在垂死的父亲枕边几乎喊破喉咙地叫着父亲的凄惨叫声。那就是中国民众的模样。如今也没有丝毫改变。圣贤的话被用作粉饰生活，对神仙的迷信流行于世，病人被兜售昂贵的破鼓皮丸而日渐衰弱。中国民众的这种现状要如何是好？出于对这种悲惨现状的愤慨，我暂时把自己的灵魂交给洋鬼子，立志学习洋学。我告别母亲，舍弃了故乡。我唯一的念想就是同胞的新生。不教化民众何以革命，何以维新？而民众的教化，不靠我们学生，又能靠谁？我们必须学习，必须更多、更多地学习。那时我读了汉译本的《明治维新史》，了解到日本的维新思想受到了日本一群兰学者的很大刺激。我意识到就是这一点，就是因为这一点，日本的维新才取得了那样闪耀的成功。无论如何，首先要靠科学的力量唤醒民众，再引导他们产生对维新的信仰，不然，不论什么样的革命手段都一定会艰难至极。首先是科学。读过维新史后，我第一次感到自己似乎摸索到了人生道路。现在的中国应该凭借科学的力量强大，大而言之是要抵御列强的侵略，捍卫独立性；小而言之则是使国民生活富足，促进其对新生活的希望与努力。这会是我的天真梦想吗？梦想亦可。我要为实现这个梦想而奉献一生。我今后的人生恐怕会变得没有任何精彩，十分平凡。但是我要给予所有民众新生的活力，渐渐引导他们对革命的信仰。爱国热情的表现应该多种多样。未必就要马上投身到政治的直接行动中去。我现在必须更多地学习。先学习科学中的医学。少年时那个医生的欺瞒教会了我学习新学问的必要。那时的愤怒让我舍弃了故乡。可以说，自己对新学问的志向，从一开始就和医术联系在一起。在垂死的父亲枕边大喊着父亲的凄惨叫声不总是回荡在耳边激励着自己吗？成为医生吧。据《明治维新史》记载，当时的兰学者大部分是医生。不，也有许多为了学习西方的医术而开始学习荷兰语的人。由此可见，相比于其他科学，先进的医术在日本更被民众渴望。这是因为医学与民众的日常生活有着最紧密的关联。治病是教化民众的第一步。我首先要在日本学医，回国后把那些和我父亲一样被庸医蒙骗只能等死的病人全治好，让他们了解科学的威力，为了让他们能早日从愚蠢的迷信中清醒过来而尽我全力。然后，如果中国同外国兵戎相见，我将作为军医出征，为了建设新国家而不惜粉身碎骨地工作。至此，我第一次具体地确定了自己的人生道路。但反过来看看自己周围，拱起如富士山的制帽、在市街铁道交通上过度谦让的美德、制造肥皂、犹如乱斗一般的交谊舞练习。到了今年二月，日本气势昂扬地向北方的强大国家俄国宣战，日本的青年奔赴战场，议会全票通过了庞大的战争经费预算，国民忍受着所有牺牲，在每天号外的铃声中沸腾。我觉得这场战争日本会赢。国内这般充满活力，怎么可能失败。这虽是我的直觉，但同时，自从这场战争爆发以来，羞耻感强烈地袭上我心头。各人或许对这场战争有着各种看法，但我认为这场战争也是基于清政府的无能。如果清政府具备统治自己国家的实力，那这次战争也就不会发生，我无法理解同胞们隔岸观火般漠然旁观的心理。而且，同龄的中国青年们别说奋起反抗了，他们正一如往常地在中国留学生会馆专注于交谊舞的练习。看到这些，我终于下定决心。我要暂时脱离这个留学生群体去生活。或许是因为自我厌恶，一看到自己吊儿郎当的面孔，我就羞愧悔恨得无地自容。啊，我想去没有中国留学生的地方。我想要暂时远离东京，忘记一切，一个人专注地研究医学。不能再踌躇了，我去了麹町区永田町的清国公使馆，陈述了自己想去地方医学院校求学的愿望。很快，我就被编入仙台医专。东京啊，再见！被选拔的秀才哟，再见！终于到了离别时，我还是感到寂寞。我乘上火车从上野出发，途经名为'日墓里'的车站。'日墓里'三个字正切合我当时的忧愁，我险些落下泪来。之后不久又经过了名为'水户'的车站，这里是明末义士朱舜水先生客死的地方。我缅怀这位 Wandervogel 老前辈的悲壮心事，得到了些许勇气后到达了仙台。我听说仙台是日本东北最大的城市，可到了一看，却是个不到东京十分之一的狭小都市。这里人说的话，虽不至于听不懂，但和东京人的口音比起来，语调特别硬，有许多难懂的地方。市中心确实繁华，有着东京神乐坂那样的风情，但就城市整体来说，总感觉有些不够分量，让人觉得其作为日本东北地方重镇的实力稍显薄弱。相反再往北一些的盛冈、秋田一带倒是郁积了东北地区的丰饶实力，但仙台用所谓文明开化的表面威力镇住了它们，感觉像是战战兢兢地君临于此。据说仙台是由一位叫伊达政宗的大名开拓出来的城市，但在日本，却把 der Stutzer[①] 的做作之人称为‘伊达者’，我有些怀疑这是不是从嘲弄仙台的这种让人意外的毫无意义地自居大城市的浮夸风气开始的。总之，我觉得仙台毫无自信却执着于东北地方第一的面子，拘泥于保持东北地区第一的体面，端着‘伊达之都’的架子。但是，如你刚才告诉我的那样，对于一个从北方腹地一下子来到仙台的人来说，乍一见识这片土地文明开化的豪华绚烂，自然会由衷惊叹、顺服，这也正是仙台的开城之祖政宗公为了傲视整个东北地区而采用政策的目的。而这形成了传统的风气，即使是维新已经过了三十七年的今天，虽然对于自身的内容空洞惶恐不安，但仙台还是无法抛弃田舍绅士的做派。尽管说了这么多坏话，但我对仙台绝对没有敌意。

---

① 德文“好打扮”。

地方产业匮乏的都市大多会在这种可悲的装模作样中生存。因为之后自己将委身于仙台，度过恐怕是我一生中最关键的时期，便不自觉地认真思考起这个城市的性格，并想要列出这样那样的不满之处。不过，这种风气的城市或许反而会是适合做学问的土地。事实上，自从来到这个城市以后，我的学习就很顺利，可能是物以稀为贵吧，据说我是仙台首个，也是唯一一个中国留学生，因此很受重视，这正如你所说的那样，哪怕是没有任何看点的鸟，如果单独停在一棵枯枝上，那它的姿态也不会太差，而漆黑的羽翼看起来也是熠熠生辉。学校的老师们对我就像是对待重要的客人那样亲切，反而是我诚惶诚恐。对我来说，我有生以来第一次得到大家这么多的温情。他们肯定是高估了枯枝上的鸟。我在感激的同时，也有着不安，如果辜负了他们的好意那就太过意不去了。同年级的同学们似乎也觉得我很稀罕，早上如果在教室里遇到，大多数人都会对我微笑，坐在邻座的学生会主动借给我刀片还有橡皮。其中有个名叫津田宪治的高个子同学对我的关心尤为热烈，他来自东京府立一中，有些高傲，经常会指出我的一些细节，像是‘领口脏啦，快拿去洗’，又或是‘去买一双下雨时穿的长靴’呀，连服装方面的事也会关照我。最后他甚至来到我寄宿的地方，说‘这个地方不行，快搬来我住的地方’。我寄宿的地方就在米袋锻冶店前丁的宫城监狱署前。不但离学校近，伙食也很好，我非常满意。但根据这个津田君的说法，这个宿舍还兼送监狱囚犯的伙食，所以不行。他再三告诫我说：‘中国留学生的秀才和犯人吃同一个锅里的饭，这不仅是你一个人的面子问题，也伤害了贵国的体面。所以必须尽快搬走。’即使我笑着说自己一点儿也不介意，但他还是执拗地劝我：‘不不，你其实是客气所以说假话吧，中国人最重视面子了，你说你不介意和犯人同吃一个锅的饭是假话吧，快从这个不吉利的宿舍搬去我那儿。’虽然他说这话时一脸严肃，但内心或许正在笑话我。虽然我没弄明白是怎么回事，但怠慢、拒绝朋友的好意而惹他生气也很没趣，所以我就无奈地搬去了津田君在荒町的寄宿处。

“这次虽然离监狱远了，但伙食就很难说跟之前一样好了。每天早餐都会有把生芋头捣成泥糊状的玩意儿，因为很难下筷而令我十分苦恼。而那位津田先生某天早上来我房间张望，立刻就注意到那玩意儿，还问我为什么不吃这个，他还说那个营养丰富必须吃，还说把它拌在酱汤里搅匀后就成了美味的山药汤，再把山药汤浇到饭上吃就可以了。之后我每天早上就得把它拌进酱汤里搅匀后浇到饭上吃了。那个人虽然不像是坏人，但他那过度的热情让我难以消受。不过，目前而言，除了对津田君的好事有点痛苦外，就再没什么不满。一切都很顺利，或许可以说是很幸福。学校的讲课都很新鲜，我感到自己常年的志向终于能在这里实现了。而其中要数解剖学的藤野先生讲课最有趣。虽然他的课并没有什么特别不一样，但即使这样，不知是否因为讲课反映出了这位老师的人格，不仅是我，其他的学生也都听得兴趣盎然。听上一学年因不及格而留级的那群老油条说，藤野先生对衣着不讲究，常常不戴领结就来学校。冬天穿一件盖不住夹衫的旧外套，很是寒碜。据说有次乘火车时，乘务员似乎觉得先生形迹可疑，冷不防地对着全体乘客大喊：'最近火车上常有小偷出没，请各位留心。'此外藤野先生似乎还有许多有趣逸事。他心气高洁，讲课热情且含义深刻，或许是因为他在这方面的脱俗风格，班上的那群老油条就对先生嬉皮笑脸，觉得他好对付，先生讲课时，对很普通的事也能'哇'地大笑出声，教室里总是很闹腾。第一次上课的时候，先生微微驼着背，两边腋下夹着大小各异的书出现在教室，在把那许多书高高地堆在讲台上后，用十分缓慢的语调说：'我叫藤野严九郎……'话音未落，那些老油条就哄堂大笑，我不由觉得先生很可怜。但是，这第一次讲课的内容是日本解剖学的发展历史，先生带来的大小各异的书，是从古至今日本人有关解剖学的著作。杉田玄白的《解体新书》《兰学事始》等书也在其中。之后，先生用他特有的缓慢语调，讲述了玄白等人在小冢原刑场解剖犯人尸体时的紧张与不安。最初的那次讲课，像是在暗示并激励我的前途，令我深受感动。如今，我前进的道路用一句话就能概括——成为中国的杉田玄白。仅此而已。我要成为中国的杉田玄白，燃起中国维新的狼烟。”

在那个松岛旅馆里，当时二十四岁的留学生——周先生对我开诚布公地讲了上面这些事情。当然，这并不是说周先生在那晚独自按顺序就中国的现状以及自己的身世发表了冗长的演讲，而是喝着小酒与我天南地北地畅谈到近天亮，我也多少补充了些我在之后学得的知识，才整理出了上文。总之在那晚听了周先生的交心话，我相当感动。他并不是像我这样仅仅因为父亲是医生，便怀着身为父亲儿子的自己也该当医生这么随便的心情来医专上学。毕竟是漂洋过海不远万里来这里的人，果然有着相当的内情，心怀坚定卓越的信念，我大为赞叹，对这位异国的人才越发尊敬，想设法帮他完成他的崇高目标，尽管我什么忙也帮不到，但我记得我曾义气顿生。周先生说我很像他的弟弟，而我也只有在跟他说话的时候，才会感到从自己的乡下口音中得到解脱的秘密喜悦，可以说是这个原因使我们建立了亲密的友谊，但也没有必要把这种理由一一列举，通俗地说，就是一种“臭味相投”的小小奇迹，或许不同国籍的人之间偶尔会发生这样的情况。然而，在日本三景之一的松岛岸边，不可思议地缔结而起的两个孤独者之间光明磊落、毫无他意的所谓大大方方的友情，有时候也会遭到阻挠。也许这个世界允许存在两个人之间纯粹而自在的友情，必定有第三者的牵制、猜疑以及嘲笑介入其中。我们在松岛的旅馆里畅谈欢笑，翌日又一起乘火车回到仙台。

“那么明天学校见！谢谢了！”

“不，我才要说谢谢！”

我们彼此感谢这次意外愉快的小旅行后告别。第二天早上，我激动地想着能再次见到这位新朋友，起床的时间早得令宿舍里的人都大吃一惊。我来到学校，但不论是在校园里还是在教室里，我都没能见到周先生的身影。那一整天，我心情落寞地听着各位先生的讲课。我立志学医并没有周先生那样痛切的目的，所以许多讲课也不会让我觉得特别感激，也体会不到什么新鲜感。那天我还头一次出席了藤野先生的讲课，但并不像周先生极力赞扬的那么有趣的讲课。正好那时藤野先生的讲课已经结束了骨学总论，刚开始讲骨学分论。先生把与人等身大的躯干骨标本摆在一旁，一边仿佛那是亲人骨骼似的温柔抚摩，一边极其恳切细致地讲课，仿佛不让所有听讲的学生都深刻理解就会良心不安。不知该说他负责，还是太过认真，像我这种急性子总觉得他烦琐得让人受不了。之后我才知道解剖学本就是一门烦琐的学问。尽管如此，我还是不得不向藤野先生那一遍又一遍的热心讲解认输。风度方面，他当时好好地戴着领结，他的脸黝黑而棱角分明，令人感觉严谨，丝毫没有仙人那种超凡脱俗的印象，铁框眼镜后的眼睛毫不大意地睥睨四方。不要说亲切了，我觉得他比任何先生都严厉。尽管这样，教室后面的老油条们还是会像周先生说的那样，会因为很普通的事而突然出声。但据我观察，那是因为这些留级生在听藤野先生这种堪称过度死板的认真讲课时感到有压力，所以才反过来虚张声势，像是在发表“我们这些老兵觉得这种讲课可笑得不行，新生们，不用那么紧张”的示威活动讲话一样，我甚至怀疑这群人莫非在藤野先生的解剖学考试中全部得了不及格，为了怄气才那么无意义地在课堂上捣乱。总之，藤野先生的讲课绝不像我想象的那样春风和煦，而是近乎可怜的、正经的、郑重的。不过，可能只有我一个人特别强烈地感受到这种可怜。我这么说，是因为先生在讲课时十分注意自己的语言，因为我也为自己的乡下口音相当苦恼，所以对别人的这种心情能敏感地寄予同情。也因此我才会特别感到可怜吧。先生有着浓重的关西腔，他似乎相当努力地想要掩饰这一点，但是，连外国人周先生都能听出那种有着明显特征的语调，所以他的讲课依然是掺杂着关西腔。这么看来，后来藤野先生、周先生和我三个人结成的那个亲密同盟，或许不是因为别的，只不过是日语不标准人士气味相投的结果而已。虽然这么说感觉可悲，不过这也许是荒唐戏言的推论。当时，我非常在意自己的乡下口音是事实，这也确实成了我和周先生相遇时产生共鸣的一种不体面的契机。正如我不厌其烦、反复强调的那样，我至今都没想过否认这一点。但如今，我也想表明，在那以后我们绝不只是因为这么鄙俗的理由而联系在一起。若要说有其他高尚的理由，那么，是什么呢？其实，我也不是很明白。很难用一句话去说明那是什么。总之，虽然“臭味相投”这种说法用在周先生和我这样忽然交心的年轻人身上感觉还很自然，但如果在我们两个人的交友里再加上藤野先生，那再用“臭味相投”

这种粗鄙的俗话来解释，似乎就有些词不达意了。事实上，在那之后我们三人的同盟已经超越了日语不正规组或是“臭味相投”这种观念，而成为对某些更为宏大事物的凭信与努力，但我也不是很理解那到底为何物。或有所谓互相尊敬，抑或是所谓邻人之爱，又或者该称之为正义？不不，我隐隐觉得那是更为宏大的，是可以包容这所有的感情的东西。或许，那就是藤野先生常说的“东洋本来之道”，但我不甚明白。虽然我从藤野先生的关西腔引发出一通奇怪的议论，但总而言之，我们后来结成的同盟，并不是日语不正规组。如果仅仅是被看成那样，我会感到非常遗憾。虽然我的能力不足以判断我们同盟的本质为何，或许只能指望将来思想家们的高见了吧，但现在我只要能把恩师和旧友的风貌细致地描写出来就很满足了，放弃得陇望蜀的奢望，继续把这本朴素的手记写下去吧。

那么，之前有写过因为在松岛的奇遇而和周先生结为好友，但这份无忧无虑的友情却不时会被莫名地干扰。这个令人不快的介入者很快出现在了完全意想不到的地方。那天，我期待去见周先生而破天荒地起了个大早来到学校，但到处都没有看到周先生的身影，而期待的藤野先生的讲课也严肃得几乎可以说是死板，结果那天没有发生任何有趣的事情，我感觉有些沮丧。傍晚下课后，正当我无精打采地走出校门口时——

“喂，等等，就是你。”有人叫住了我。我转过身，一个身材很高、鼻子很大、满脸油腻的学生正站在那里嗤笑。这个男的就是我和周先生友情的最初干扰者，他名叫津田宪治。

“我有些话想和你说。”他的语气有些狂妄自大，却没有口音。我想到他可能是东京人，不由暗暗紧张。“能陪我去一番丁吃晚饭吗？”

“啊。”面对东京人，我会极端沉默。

“你答应了吧？”他率先走了起来，“那么去哪儿好呢？东京庵的天妇罗荞麦面太油，不能吃。兄弟轩的炸猪排硬得跟鞋底差不多。仙台这地方没什么好吃的，真愁人啊。要不就顺其自然，随便进哪个小饭馆吃鸡肉锅说不定反而能行。或者你知道什么其他好地方吗？”

“不，啊，我无所谓。”我受制于对方的气势，说话有点儿语无伦次。这个奇怪的似乎是东京人的学生到底要对我说什么。我颇为不安，但他对我的心情似乎毫不关心，自顾自地边说话边走在前面，飒爽得仿佛是我的长官。所以我这个乡下人也搭不上话，只能微微苦笑着跟在他后面。

“那么，就去一番丁开拓家新店吧。要是有能吃到香喷喷的蒲烤鱼串的店就好了。不过仙台的鳗鱼筋去得不干净。”他以为自己是美食家，大肆发挥了一番。但四十年过去了，至今我仍然不知道鳗鱼的筋是什么东西，这个艰深的谜被埋在我心底，至今未解。然后我们就去了被称为“仙台的浅草”的东一番丁，进了他所谓的“顺其自然”的小饭馆，吃了用他的话来说就是“能行”的鸡肉锅。他在我对面坐下后，先递给了我一张名片，上面写着仙台医学专门学校，班会干事，津田宪治。这个头衔很暧昧，完全不知道他是医专的老师兼班会干事还是学生，也不知道他是几年级的班会干事。也许这也是他的目的。由于当时专门学校的学生和现在不一样，在社会上会受到绅士的待遇，所以许多学生都有其所属学校的名片，不过印着这么荒唐头衔的名片实在很少见。

“啊，是吗？”我忍住笑，正要自报家门，“我没有名片，我叫田中……”

“不，我知道。田中卓。H 中学来的。你是班里的危险人物，你不是总不来学校上课吗？”

我很生气，只是因为不去学校就被说成危险人物，这太夸张了。这人真没礼貌。我沉默不语。

“那是开玩笑啦，”对方笑着说，“昨天周先生和我详细说了你的事。听说你们在松岛的旅馆不眠不休地聊了一整晚吧？周先生也因此感冒卧床了。那个人有 Lunge[1] 的倾向，所以不能让他聊通宵这么胡来。”

当时我突然想起来。那晚，周先生曾说过对某个好事学生的过度热情有些为难，我记得那个学生的名字的确是叫津田。搞什么啊，那位山药汤的指导者原来就是眼前这位美食家呀。

“他发烧了吗？”

“嗯，似乎不是大问题，但因为他体质不算很好，反正大概会休息两三天。外国人嘛，我会照顾他的。对了，鸡肉清汤如何？喝酒吗？”

“啊，都可以。”

“肉太老就不好了，索性让他们做成生肉片，那样就稳妥了。”

我不由“扑哧”笑了。因为我发现津田的上腭全都是难看的假牙。我想之所以他会把兄弟轩的炸猪排说成鞋底，还有鳗鱼筋的奇谈怪论，以及把鸡肉拍松的要求，大概都

---

① 德文“肺病”。

和这假牙有点关联吧。

“真是的，”津田好像误会我在笑其他的事，“味道淡得跟鼻涕似的清汤真是令人不敢恭维。农家菜就只有生肉片。”

于是我们就点了生肉片和酒，津田像个牧师似的亲自调制锅底，然后一边喝酒，一边说起了奇怪的事：

“你和外国人交往如果不太注意可不行啊。现在日本是战争时期，你可不能忘了。”

“啊？”我愣住了。

“不要说‘啊’，我来自东京府立一中，要说这场战争开始后东京的紧张气氛，那可是这种乡下地方怎么都想象不了的。”他自吹自擂的方式实在很莫名，“中国留学生在东京有几千人，根本不是什么稀罕事。”他越说越离谱了，“但是呢，这个留学生问题也得相当慎重地考虑才行。为什么呢？因为日本现在正和北方的强大国家作战，旅顺也没那么容易攻破，波罗的海舰队也要向东洋进发了，这也许会成为很严重的问题。在这个时候，清政府虽然对日本采取了善意的中立态度，但谁也不知道今后会发生怎样的变化。因为清政府自身也在摇摆不定。虽然你们不知道，但听说革命思想如今正在以极其迅猛的势头在中国国内蔓延。肉煮过了，你不吃吗？煮过头变老了就不好吃了。然后呢，那革命思想的活跃先锋据说就是这些留日学生，所以问题就变得复杂了。喂，这事你要跟别人乱说我可就头疼了。这话只能在这里说。若要问我为什么会这么了解中国的内情呢，是了，津田清藏，你不知道吧，他是我叔叔，不可能不知道吧，这地方到底是乡下。这话虽然从我这个自己人嘴里说出来不太好，不过叔叔现在是日本外交界新一代的顶梁柱。你不知道就没办法了。总之，因为有那样一个叔叔，我也成了外国通。啊，这生肉片太糟糕了，生肉片如果不打入很多鸡蛋拌匀就会不好吃。这一定是为省鸡蛋。这不，有种奇怪的乌冬面粉味。这个不行，到底是乡下。唉，没办法。吃吧。话说回来，这个革命思想啊，是秘密哦，只在这里说，你也就听过就好。现在他们的本部就在日本。吃惊了吧？我说得再明确些吧。东京的中国留学生已经成了他们的中坚力量。如何，这事越来越有意思了吧？”

但是，我一点儿都不觉得有意思，我已经从周先生那里听说过中国的革命运动的事，比他那随口说说的“只在这里说”更为详细，所以我一点儿也不吃惊，只是模棱两可地应和着这个外国通轻声讲述的秘密，并专心地吃着鸡汤锅。对我这个乡下人来说，并没有感到这个不受好评的生肉片有什么乌冬面粉味，我觉得很好吃。

“问题就在这里。今晚你好好想想这件事。清政府出钱把留学生送来日本，而这些留学生则气焰嚣张地要推翻清政府，这事很奇怪。这简直就像是清政府给留学生研究费是为了让自己倒台。日本政府对这些留学生的革命思想，目前还算是视而不见，但是日本民间的侠义之士却已经在进一步地给这场运动提供援助。你别吃惊。听说中国革命运动的领袖，那个名叫孙文的英雄，早就已经藏匿在一个名叫宫崎的日本侠客家里了。孙文，你最好记住这个名字。听说这人非常了不起，有着狮子一样的风采。留学生们对他所说的事绝无二话，绝对信赖。而这个令人敬畏的英杰的顾问就是以那个叫什么宫崎的人为首的日本民间义士。接着就是关键地方了。如果因为日本政府的视而不见，使得革命思想在日本的首都东京发展成轰轰烈烈的倒清运动，那么清政府会对日本抱有什么感情呢？若是平时还不打紧。如果要把中国这个有着优秀文明传统的大国从列强的侵略中救出，必须采取革命手段，那就不用对清政府客气。连我都想冲到孙文这位英雄的身边去鼓励他。日本人都有这样的义气。因为大和魂的本质就是义气！但你要知道，现在是日本赌上国运同北方强国作战的紧要关头。如果清政府对日本政府产生了恶意，放弃现在的善意中立态度反而倾向于俄国的话会怎么样？这场战争对于日本或许会变得非常艰难。就是这个。听好了，这就是外交的秘诀。一面战争，一面外交。哪里奇怪？认真听啊。这可是国家的重大问题！你从刚才就一个人咕咚咕咚地喝酒，结账的时候没问题吧？我可没那么多钱。你到底带了多少钱？不先做好本国的财政预算，会对战争不利。快点调查好报告给我。”

我取出自己的钱包，看了看里面的钱，报告给了外务大臣。

“好，没问题。有这么些就够了。我也有五六十钱。再喝点儿吧。生肉片我已经够了。来点儿清淡的烫豆腐吧。农家菜里算可以的。”不过我觉得这也同他的假牙有些关系。

换了锅，又要了一些酒。

“你可真能吃会喝呀。”我一面呼呼地吹着豆腐吃，一面用单手频频倒酒喝，他恨恨地看着我，“你们在松岛喝得也不少吧？可能这问题问得有些太细，不过是谁结的账？这很重要。”他恢复了刚才的语气。

我放下筷子回答：“一人一半。我是打算全付的，但周先生怎么都不肯。”

“不行。所以你那样不行。以一知万。你最好别和周先生来往了。你弄错了国家的方针。无论周先生说什么，你都应该全部付了。和外国人交往时，必须把自己当成一个外交官。首先要让他们产生日本人都很亲切的印象。我叔叔他们在这点上煞费苦心。毕竟现在是战争时期。对于各中立国的人，必须用上复杂而微妙的外交策略。中国留学生尤其难对付。他们是中国派来的学生，却在谋划推翻清政府。如果一味惯着他们，就可能带来与日本政府的外交方针相悖的结果。仅仅亲切是不行的。要以一面亲切、一面指导的领先者态度去面对他们，我认为这才是作为当今的外交官的妙诀。你知道吗，你要注意这一点。不能向对方暴露你的弱点。一起玩的时候，付账一定要全部自己来。必须一直抢先一步。为了做到这一点我也是相当辛苦。前阵子开班会的时候，你好像没参加，以后必须参加啊，那次班会时，藤野先生对我这个干事说了，和留学生来往的时候要小心。”

他的这句话我可不能听过就算，我感觉被藤野先生背叛了。

“不会吧！藤野先生怎么会用那么愚蠢的外交策略？”

“什么愚蠢，不许说这种失敬的话。你个卖国贼。战争时期，第三国的人全都有可能是间谍。特别是中国留学生，一个不落都是革命派。为了实现革命，他们也可能向俄国求助吧。因此有监视他们的必要。一面亲切，一面监视。为此我还把那个留学生拉到我宿舍里住，在照顾他的同时也照着日本的外交方针做着各种努力。”

“你说的各种努力是什么？太狭隘了吧！”我也是醉得厉害。

“狭、狭隘？你可真会说啊。你就是个卖国贼。不良少年。”他脸色都变了，“无耻之徒！农村也会有你这种不良少年啊。连我叔叔的名字都不知道，真不像话。你再多学学吧！你快留级了！滚吧！把你喝的吃的钱付了，快滚！生肉片和烫豆腐好像都是你一个人吃的。”

我把钱包里的钱全倒在榻榻米上，默默地站起身。

“你还真干啊！喂！”津田两肘撑在盘着的大腿上嚷嚷。

我苦笑了一下。

“再见。”留下这一句后，我走到外面，终究感到没趣。好吧，我明天直接去见藤野先生确认事情的真假。说周先生有可能是间谍，还说我是卖国的不良少年，这可没法忍。我回到县厅后面借宿的地方，在井边洗脸、洗手、洗脚后，心情稍稍爽快了些。那天晚上，我睡得很沉。翌日早上，我干劲儿十足地去了学校，在开课前去敲了藤野先生研究室的门。“请进。”里面传来先生的声音。我毫不迟疑地打开门，屋内洒满了朝阳，先生正在上肢骨、下肢骨、头盖骨等令人生畏的人体骨骼标本的包围下，泰然地读着报纸。他把转椅略微转向我这边后，把报纸放在了桌子上。

“有什么事？”在研究室里的先生比在教室里温和了许多。

“请问，我们不能和第三国的人交往吗？”

“欸，啥？”先生反问道，关西腔脱口而出。

“是周先生的事。”听到先生的关西腔，我不由得微笑了。这回我镇静地说出了要说的话，“昨天有个人告诉我不许和周树人君交往。”

“谁？”

“名字我就不说了。我不是来告那个人状的，只是我听说先生是那样吩咐的，所以来问问是否属实。”

和对周先生一样，对着藤野先生我也能流利地说出想说的话。各种理由我在之前已经絮絮叨叨地写过好几次了，但是，或许最终的原因是藤野先生和周先生的人品。当我面对他们的时候，总是感到很安心。

“莫名其妙。”先生颇为不满地用力搓了搓胡子，“我怎么可能说那种蠢话。”

“可是，”我噘着嘴，“班会时先生……”我正要接着说。

“啊，是津田君吧？那家伙真冒失。”先生说着笑了。

“那么，那是假的？”

“不，我说了。是我说的。”先生忽然转为上课时的严肃口吻，“那个时候我对津田君说的是：这次我们学校第一次来了一个中国留学生。和他一起学习医学，小而言之，是为了让新医院在中国诞生；大而言之，是为了能尽快合力把西洋医学的精髓吸收进东洋医学，从而推动全世界的医学更进一步。所以我希望班会干事要抱有这般热情。我没有说别的。”

“是这样啊。”我松了口气，“战争时期的第三国人有可能是间谍这种话——”

“你在说什么，看看这个。”先生把桌上的报纸推向我，只见报纸最上方写着：

天皇行幸赤坂离宫

出席赏菊会

国内外与会人士共四千零九十二名

这样的大标题。不用读正文我就明白了。

“我们不是应该相信国家之光悠远叆叇吗？”先生垂下眼，心平气和地说，“国体盛德，这种说法也不知对不对，但在战争时期，我深刻感受到了这一点。”他忽然改变了语气，“你是周君的好朋友吗？”

“不，虽然还绝对算不上是好友，但之后我想和他友好相处。周先生是怀着比我这种人远大得多的理想来仙台的。周先生为了父亲的病，从十三岁开始的三年里，每一天都奔走于当铺和药店之间。而在父亲临终时，他几乎喊破了喉咙，可他父亲还是死了。他说自己当时的叫喊声至今仍然回响在耳边，从不曾离开。所以周先生想成为中国的杉田玄白，拯救中国那些不幸的病人。就因为这样，却要说周先生他们是有革命思想的急进先锋，对他要一面亲一面监视，要用复杂微妙的外交手段，我觉得这也太过分了。周先生真的是怀有青年特有的崇高理想。我认为青年不能没有理想。所以，青年要有理想，唯有理想……”我站着还没说完就哭了起来。

“革命思想。”先生自言自语似的低声说了一句，然后沉默了。过了一会儿，先生望向窗外，“我认识这么一家人：老大是老百姓，老二是司法官，老幺不太一样，是个演员。

最初他们兄弟之间也会吵架，但现在却好像非常尊重彼此。这种事没有理由。怎么说好呢，即使每个人都想开出各自的花，但他们家却是最大的一朵花。家是非常不可思议的东西。要说那户人家是地方名门虽然有些夸张，但也是当地自古就延续至今的人家。而且即使是现在，也依旧受到当地人的信赖。我认为整个东洋就是一个家。各人开拓各自的道路即可。关于中国的革命思想虽然我也知之不深，不过，我认为那所谓的三民主义，是建立在民族自决，不，或者可以说是民族自发的根柢之上的。说到民族自决，虽然会有种事不关己的疏离感，但为了家族兴旺的自发是最值得高兴的现象。我所想的是各民族历史的开化。不是什么事都需要我们去多操心的。几年前东亚同文会的成立仪式在东京的万世俱乐部举行——虽然这也是我从别人那里听来的。那时候，近卫笃麿公被推为主席，在审议该会目的、纲领的议程中，革命派支持者与清朝支持者之间发生了激烈的争论，两相对峙各不相让，一时间甚至让人觉得该会会因此决裂。但那个时候，主席近卫笃麿公不紧不慢地站起来说：‘主张中国革命的意见也好，支持清朝，防止其被列强分割的意见也好，都是对于他国内政的干涉，作为本会的目的太过无趣。但是，双方的目的都在于保全中国，故本会以“中国之保全”为目的如何？’他这番严肃的发言镇住了全场，两派对此均无异议，于是在全场的喝彩声中该目的获得通过。从那以后，‘中国之保全’成为我国对中国的国策。我们没有必要再说更多了吧？中国也有很多伟人。我们在思考的事情，中国的先觉者们也都在认真地思考吧。这就是民族自发。我很期待这一点。中国的国情和日本有所不同。有人认为中国的革命破坏了传统所以不好，但也可以认为正是中国留存着好的传统，革命的气概才会诞生于传统的继承者。被切断的仅仅是形式。家风，或者说是国风，其传统是绝不会被切断的。看成‘东洋本来之道义’的暗流不论何时都存在于某处。在这根本的道路上，我们所有东洋人都连在一起，可以说是背负着共同的命运。就像刚才我提到的那家人那样，尽管每个人各有所成，但还是会成为一朵大的花。你要相信这一点，和周君积极地交往。不用想得太复杂。”先生笑着站起身，“就一句话的事，不要把中国人当傻瓜。仅此而已。”

上课铃从刚才就已经响起。

“教育敕语里是怎么说的？‘相信朋友’，所谓交友就是相互信任。其他都是多余的。”

我忍住冲上前和先生握手的冲动，恭敬地向先生鞠了个躬。

先生忽然说：“我好像没见过你，你来听过我的课吗？”

“啊，”我哭笑不得，“那个，以后听。”

“你是新生吧。反正，你们要互相鼓励。津田君那边我会去说的。看来上次班会我也是多嘴了。今后我也要少说多做。”

我来到走廊，舒了口气，原来如此，所以周先生会称赞藤野先生。先生固然伟大，周先生也很有眼力，我对藤野先生和周先生同样佩服。今后我也要做一个不逊于周先生的藤野先生崇拜者。先生讲课时一定要占好最前排记笔记。周先生今天来上学了吗？我想尽快见到周先生，急匆匆地赶去了教室，但那天也没见到周先生的身影，却看到津田那双令人讨厌的眼睛闪着锐利的光。不过，我已经变得心胸宽大，就微笑着跟他打了招呼。津田似乎也不是那么坏的人。他有些失措，然后也微笑着对我点了点头。不过那一整天，我们都互相躲着对方，没有再谈别的话。放学后，我想去探望周先生，但我既不是很清楚周先生借宿的地方，而且想到要是又被跟他住一起的津田说教一番也甚是无趣，所以就马上返回了自己的寝室。晚饭后我走出宿舍去了东一番丁，因为中村雀三郎一座[①]正在松岛座演出《先代萩》，我又对仙台的《先代萩》是什么样的有些兴趣，就想着随便看看，买了站席票。所谓《先代萩》，众所周知演的就是仙台伊达藩的家族内乱。我想榴之冈附近甚至都有政冈的墓，那这部戏应该从以前起就在仙台大受欢迎。但之后我听人说正好相反，这部戏在旧藩时代是被禁演的。直到明治维新以后才被解禁，可以自由演出。即使这样，这部戏在仙台市内也不能一直演，有时候就算换个标题上演，每次都会有自称旧藩士的人要求见太夫元[②]，严重抗议即使确实有过政冈这样的烈妇，但这部戏的整体结构都是在损害伊达家的名誉，要求禁演。到了明治中期总算没有这样的事了，但同时仙台的观众来看这部戏也不是因为出于特别的好奇心，而是因为它取材于自己旧藩时期的事件。从那时起，他们就似乎毫不关心这部戏是演哪个地方的事，只是把它当作一般的悲情戏默默观看而已。不过，当时我还不知道这个情况，暗想着仙台的观众看这部《先代萩》不知会有多兴奋而

① 一座：歌舞伎、戏剧中表示整个团体、剧团的名词。
② 太夫元：主办方的负责人。

期待看到他们的狂热模样，但走进小剧场后却发现观众出乎意料地冷静。而且当时的上座率也就勉强五六成，我一面觉得奇怪，一面感叹到底是大仙台的市民，舞台上正在上演自己地方的事件，他们却能心平气和地观看，这也许就是大都会的气度吧！我这个从乡下来的土包子时而对这种莫名其妙的事感慨，时而又为了雀三郎饰演的政冈说出“即使这样，还是让人怜爱啊”的悲情场面而哭泣。当我不经意地看向一旁时，却见周先生正站在那儿。他也在流泪。看到此情此景，我就更想哭了。我冲到走廊，一个人尽情地大哭起来，然后擦干泪回到站席，啪地拍了下周先生的肩膀。

“啊——”周先生看到我，边笑边用手背擦了擦眼泪，“你一直在这儿吗？”

“是的，我从这幕开始看的，你呢？”

“我也是，这部戏里还有小孩演出，让人忍不住就哭了。”

“我们出去吧。”

“好。”

周先生和我一起走出了松岛座。

“我听津田君说你感冒了。”

“真是的，他竟然还跟你宣传，津田君真让我头疼。我就稍微咳嗽了下，他就非要我躺下，然后说我得了 Lunge。我一个人去松岛没叫他，他就发脾气。他才是 Kranke[①]，是 Hysterie[②]。”

“你没事就好，不过，你身体是有些不舒服吧？”

“不。Gar nicht[③]。因为津田君让我躺着，所以我昨天还有今天就躺着看书了。因为实在无聊，我就偷偷跑出来了。明天开始我就上学。”

“是啊。要是什么都听津田君的，说不定真会得肺病。你干脆换个地方住吧。”

“是啊，我也考虑过这个。不过那样做的话，他会寂寞的吧。他虽然有点儿啰唆，但也有坦诚的地方，所以我也没有很讨厌他。”

我的脸红了，或许比起津田来，还是我的嫉妒心更强吧。

“你不冷吗？”我换了话题，“要不去吃荞麦面吧！”

不知不觉，我们走到了东京庵的门前。

---

① 德文“病人”。

② 德文“歇斯底里”。

③ 德文“没有”。

“可能宫城野的更好？根据津田君的说法，这个东京庵的天妇罗荞麦面太油腻，吃不下去。”

“不，宫城野的天妇罗也很油腻吧。不油腻的天妇罗都是冒牌货。”周先生似乎和我一样不是很懂美食。

我们走进东京庵。

“就吃这个看起来很油腻的天妇罗荞麦面吧？”周先生似乎对那个油腻的天妇罗荞麦面很有兴趣。

“好，就那个吧。我预感会出乎意料地好吃。”

于是我们点了天妇罗荞麦面和酒。

“听说你们国家是料理之国，你到日本来会因为吃的东西很简陋而困扰吧？”

“没那回事。”周先生一脸认真地摇头，“什么料理之国，那是来中国玩的外国有钱人传开的。那些人来中国就是享乐的。回到自己的国家后就成了所谓的中国通。即使在日本，被称作中国通的人大都也对中国持有个人偏见。所谓什么什么通的人，其实不过是游离于现实的懦夫。在中国能吃到所谓好吃的中国料理的，不过是中国少数的有钱人或者外国游客。一般老百姓吃得很糟糕。日本也是这样吧。日本旅馆里好吃的菜肴，日本的普通家庭是吃不上的。但外国的游客还是会以为旅馆的菜肴就是日本的家常菜。中国绝不是料理之国。我来东京后，师兄曾请我去八丁堀的偕乐园，还有神田的会芳楼等饭店吃所谓的中国料理，我有生以来第一次吃到那么好吃的菜。我来日本以后，从来没觉得料理难吃。”

“可是那个山药汤呢？”

“不，那个是特例。不过在学习了津田式烹饪法后总算是咽得下去了。好吃的。”

酒上来了。

“日本的戏剧怎么样？有趣吗？”

“对我来说，比起日本的风景，日本的戏剧更容易理解。其实前几天，我就不太能理解松岛的美。看来在风景方面我和你一样……”周先生话说到一半停住了。

“不敏感吗？”我说得肆无忌惮。

“啊，嗯，是的。”他难为情地眨巴着眼，“虽然我从小就很喜欢画画，但不怎么喜欢风景。还有件事我也不擅长——音乐。”

我笑了起来，忽然想起他在松岛唱的那首“云儿哟，云儿哟……”的歌曲。

“那么日本的净琉璃呢？”

“嗯，那个我倒是不讨厌。与其说它是音乐，不如说是

Roman[1]。怪我是个俗人吧，比起高尚的风景和诗歌，我更喜欢大众化的平凡故事。”

“也就是说，与其去松岛不如去松岛座？”虽然我不过是个乡下人，但在周先生面前我却可以轻松地说出类似双关的话，“这阵子仙台很流行无声电影，你觉得如何？”

“那个我在东京也看过些，我感到有些不安。把科学应用在娱乐上是很危险的。总的来说，美国人对科学的态度是不健康的，是邪门歪道。快乐是不应该进步的事物。以前在希腊不是有个音乐家因为发明了多了一根弦的新式样的琴而被流放了吗？中国的一本名为《墨子》的书里也有这样的记载：有个叫公输的发明家给墨子看他用竹子做成的鹊，得意地表示‘把这个玩具放到空中可以飞三天’，但墨子却沉着脸说这还不及木工做的车轮，然后就让他扔了那个危险的玩具。我认为那个叫爱迪生的发明家是世界级的危险人物。有许多快乐还保持着原始的形式。从酒发展到鸦片，中国变成什么样了？我对爱迪生的种种娱乐方面的发明是否也会带来与此相似的结果而不安。我甚至在想，在今后的四五十年里，爱迪生的后继者们不断涌现，而世

① 德文“浪漫”。

界被快乐充斥，一个超乎想象的悲惨地狱景象会不会就此展开。如果这是我的杞人忧天，那就太幸运了。”

我们一边聊着这种事，一边津津有味地吃着油腻的天妇罗荞麦面，然后离开了东京庵。当时是谁结的账，自己有没有听从津田的劝告？现在的我对于这些事实已经记不清了。那天晚上，我送周先生到了他在荒町的住处。

月亮出来了，我清晰地记得。同样对风景不敏感的两个人似乎唯有对月影还有兴趣。

“我从小就喜欢看戏。”周先生静静地说，“我现在仍清楚地记得，每年一到夏天，我就会出门去母亲的家乡玩，距离从母亲的娘家坐船一里不到处就搭着演出社戏的戏台——”

太阳下山后，乘着乌篷船驶过豆麦田之间的河道，没有大人，只有一大群孩子去看热闹。船也是由年龄相对较大的孩子轮流划。月色朦胧在河的水汽里，淡黑的起伏的连山，仿佛是踊跃的兽脊，远处似乎有渔火闪烁，又不知从何处传来忧伤的横笛声。戏台就搭在河边的空地上，周先生他们把船在河里停下，从船上眺望着五光十色如梦似幻的小戏台。台上，有个长胡子的豪杰背上插着四张金线织花的大旗，他舞着长枪，和一群赤膊的人正在打仗。小旦出场了，咿咿呀呀地尖声唱着，忽而身着红衫的小丑被绑在台柱子上，给一个花白胡子的用马鞭打起来了。过了一会儿船返航时，月还没有落，河面越发明亮。回望戏台在红色的灯火光中就宛如火柴盒般大小，很是热闹。

“月色好的夜晚，我常常会想起这件事。这算是我唯一的风流回忆吧。哪怕是我这样的俗人，一旦沐浴在月光下，也会变得有些 sentimental[①]。”

从翌日起，我几乎一天都不落地去学校。只因为我想见周先生，想和他聊各种事，我就令人吃惊地一改往日作风。像我这样游手好闲的人，却一反津田的预言，不但没有留级，而且看着还能从学校毕业，仔细想想，这真的全是周先生的功劳。不，是周先生和另外一个人。我想也可以说是我对藤野先生的思慕之情使得我能够奋起，并从留级生的不体面中拯救了自己。

自那个月夜过了四五天后，我记得是仙台下第一场雪的那天。我在放学路上把周先生拉到了我的宿舍，我们坐在被炉旁，一边吃着点心一边聊着各种事。然后周先生的脸上浮起微妙的笑容，从包里拿出一本笔记递到我面前。

---

① 德文“多愁善感”。

我一看，是藤野先生的解剖学笔记。

“打开看看。”周先生笑着说。

我翻开后瞪大了眼。每页都被红笔细细修改得一片鲜红。

“改得真多啊！谁改的？”

“藤野先生。”

我一惊，似乎明白了那天藤野先生自言自语的“少说多做”的意思。

“从什么时候开始的？”

“很久以前。差不多是从讲课第一天开始。”

周先生更加详细地解释说，藤野先生最初的讲课是解剖学的发展，之后大约过了一个星期，记得是在星期六，先生的助手来叫周先生去研究室看看。只见先生像往常一样在一群人骨的包围下，微笑着问他：“我的讲义你能记下来吗？”

“是的，我打算尽量记下来。”

“记得怎么样？把笔记拿来给我看看！”

周先生把笔记拿去后，先生就把笔记留了下来，过两三天后再还给他时说：“从今以后，每周都把笔记拿给我看。”

周先生打开先生还给他的笔记后吓了一跳。笔记里从头到尾都加了红笔字，不仅把许多漏记的地方都清清楚楚地填好了，连语法错误也都一一订正了。

“从那以后，每周都这样。”

周先生和我沉默着面面相觑了一会儿。学习吧！无论有什么事，都要出席藤野先生的讲课。就这样，在不被人知晓的人生角落里，少说多做的默默的小善，不正是这个世界上珍贵的宝石吗？这么一件小事，却让我这个区区的旁观者被感化，此前那只怠惰的鸟自那以后也开始孜孜不倦地去学校，还因此顺利拿到了行医资格证。可以说，正因为此，我才能像现在这样继承祖辈的家业吧。

在那之后，藤野先生始终默默地亲手修改笔记，但在我们第二学年的秋天，因为这个笔记发生了一件不太愉快的事。不过那是后话了，总之，从明治三十七年的冬天到第二年的春天，从各种意义上来说对我都是最有干劲的时期。日本要对旅顺开始总攻击了，国内也极度紧张。我们这些学生有时为了防止货币外流，不穿羊毛衣服改穿棉服，有时要批斗戴金边眼镜的人，又或是举办一种自称战前生活的忍耐会，还不时举行黎明前的雪上行军。日本国内情绪更加高涨，已经迫不及待要攻陷旅顺了。

终于到了明治三十八年的元旦，旅顺陷落了。二日，手持旅顺陷落号外的仙台市民沸腾了。赢了。赢了。不知是恭喜新年还是恭喜胜仗，人们动不动就说着："恭喜了！恭喜了！"甚至会出门去平时不大亲近的人家里玩命似的喝酒。四日的晚上，青叶神社院内点燃了大片篝火。五日是仙台的祝胜日，这天早上十点，以爱宕山上的一声礼炮为信号，全市工厂的汽笛一并响起，市内各派出所的警钟以及社寺备用的梵钟、钲太鼓，好像要把一切都敲碎似的。同时市民也都纷纷来到户外，各顾各地敲着金属盆、白铁罐、大鼓，然后一起大喊万岁，好一派全市轰鸣的壮观景象。那晚还有各学校联合的提灯队伍，我们每人都发了一个提灯、三根蜡烛，我们一边在仙台市里结队游行，一边高喊万岁、万岁。异国的周先生似乎也被津田强行拉出了门，他和津田并肩提着灯笼漫步。我和津田虽然并没有不和，但自那次以后关系总不和睦，即便是在教室照面，也只是互相轻轻地点个头。从来都不曾毫无隔阂地说过话。但只有在那个晚上，我极其自然地对津田说：

"津田先生，恭喜。"

"是啊，恭喜。"津田也是心情大好。

"很多事都失礼了。"我立刻顺便为平素的疏于问候道歉。

“不，我才该道歉。”外交官的外甥毕竟老练圆滑，“那天晚上我醉过头，错得很离谱。之后我还被藤野先生批评了。”

“什么事？”周先生插嘴。

“没什么，津田君请我吃了生鸡肉片还喝了酒。”我模棱两可地岔开话题。

“不止如此。”津田君说到一半，语气忽然变了，“你什么都没对周先生说吗？”

“是的。”我点了点头，用眼神示意津田什么都别说。

“是吗？”津田大声说，“你这家伙真不错。虽然向藤野先生告状的事很下作，不过那是我的错。好吧，喝酒！今晚我们三个再去吃生鸡肉片吧！万岁！”津田好像已经有些醉了。

那一晚，我深切地感受到，无论如何，战争都必须取得胜利。只要能赢就好。津田所谓的外交上的深谋远虑什么的一下子就烟消云散了。津田也是个有着忧国之心的好青年，这点并没有变。那天晚上，他用小得周先生听不见的声音向我坦白，他在两个月前就听说了波罗的海舰队出发在即的消息，因为太过担心如果日本还没有攻下旅顺，那个舰队就来袭，所以看每个人都觉得很可疑，他认为周先生一个人悄悄去松岛，可能是作为俄国的间谍去测量松岛湾的深浅，并企图把俄国的舰队引来这里消灭整个仙台市。总之，他因为总不攻陷旅顺而急火攻心，才会在那晚乱发脾气，对我说教。我听到他说的这些以后虽然大大震惊了一番，但这已经无所谓了。战争赢了，所以无所谓了。所以战争绝对要胜利。战况一旦变得不利，就连相信朋友都会变得困难。民众的心理从来就是那么不可靠。小而言之，是为了防止国民日常伦理道德的动摇；大而言之，是为了发扬藤野先生所谓的“东洋本来之道义”，因此，不论付出多大的牺牲，战争都必须赢。这一晚，我深刻感受到了这一点。

旅顺这个要塞陷落后，日本国内就像开启了天岩户一般越发明亮——虽然这个比喻有点夸张。那年的新年御歌会上天皇曾有云：

富士山巅上　朝阳逐向落霞晚　于晴空悠然

那时的日本好像已经打败了俄国一样。这年正月末，专制统治下的俄国爆发了内乱，俄国败象越发浓厚。日本军队势如破竹，接连在三月十日、五月二十七日取得了日本国民无法忘记的陆海军的决定性大胜利，国威辉映四方，国民也意气冲天，但这次日本的大胜利却给身为异国人的周先生带来了我们意想不到的强烈冲击。

周先生来到日本，曾直觉横滨与新桥之间的窗外风景具有世上独一无二的清洁秩序，曾认为东京的女人们用红色带子扎起衣袖、头戴崭新的白色毛巾，用掸子掸朝阳照射下的拉门的可爱姿态正是日本的象征。在那家松岛的旅馆里也曾预言：日本一定会赢得这场战争，国内这般充满活力，怎么可能失败。但这次的胜利恐怕比周先生预想的辉煌数倍，我认为当他看到展现在眼前的胜利时，方才对日本不可思议的力量瞠目惊叹。以旅顺陷落为界，周先生似乎开始重新研究日本。据周先生所言，那时中国青年来日本学习，绝不是因为倾慕日本固有的国风、文明，只不过是因为能在邻国经济、有效地学习西洋文明，是出于这种一时的便宜主义才选择了日本。起初周先生也是抱着这种打算来日本的，但很快他就发现这个国家出乎意料地紧张，尽管他预感到这里有某种特别的东西，但在当时看到世界一等国家俄国也被日本堂堂正正地降伏后，他似乎认为只是知道有某种东西还不够，这次他不仅读了汉译的《明治维新史》，还直接收集购买了各种日文原版的历史书认真钻研，就好像是要对自己迄今为止的日本观做重大修正。

“日本具有所谓的国体实力。”周先生叹着气说。

这似乎是一个极其平常的发现，可是，我却忍不住想要在这本朴素的手记中倾全力大书特书。受日俄战争中日本大获全胜的刺激，周先生发现这对他医学救国的思想造成了深刻的打击。我认为这是他不久后改变其人生方向的根由。他开始说：“明治维新绝不是由兰学者推动的。”维新思想的源流还是国学，兰学只不过是在路旁盛开的珍奇花卉。在德川幕府二百年的太平盛世里，诞生了各种各样的文艺，随着文艺的发达，触及先祖文艺思想的机会也多了起来，并对其展开了认真的研究。同时，德川幕府渐渐进入政治上的疲惫期，对内不能救百姓于贫穷，对外不能抗衡诸国之威吓。日本国正面临崩溃危机的千钧一发之时，研究远祖思想的研究家们一起站了出来，指出了救国的大道：国体自觉，天皇亲政。天皇的祖先最早开创了国家基业，经过神话时代传位于神武天皇，以万世一系的皇室为尊来治理日本是真正的姿态，这样的自觉成为明治维新的原动力。将军庆喜公认识到若不依天公地道便无救国之法，他最先自愿对天皇表示了恭顺之意，德川幕府历经二百多年，封建大名们也争先恐后地把自己的领地奉还天皇。日本的强大就在于此。即使走上歧途，一旦国难临头时，他们就会像雏鸟赶到老鸟的周围一样，舍弃一切，归奉天皇。这正是日本国体的现状，是人民的本能。当这种精神流露时，无论是兰学还是其他任何东西，都会像遇到大暴风的树叶一样被轻易吹飞。日本的国体实力着实令人生畏。听了周先生的这番叙述，我内心非常激动，泪水莫名地流个不停。我重新坐正，问周先生：

“那么，你是说日本具有超越西洋科学的东西？”

“当然。你身为日本人问这种问题真是没出息。日本不是战胜俄国了吗？俄国是科技先进国，一定拥有许多应用了最尖端科学技术的武器。旅顺的要塞也是凭借西方科学的 Essenz[①] 建造的吧。但它不是被日本军队几乎徒手攻陷了吗？对外国人来说，或许难以理解这个不可思议的事实，即使是中国人也不明白。总之，我想再进一步研究日本。日本有许多让我感到津津有味的东西。”他说话时带着爽朗的微笑。

那时，周先生常常毫不见外地来我住的县厅后面的宿

---

① 德文“精髓”。

舍玩，一向沉默寡言的我，还没来得及对房东一家人打开心扉，周先生便已经先和那家人亲密起来了。那家人并不是经营宿舍的，一家三口分别是中年木工、木工老婆以及十岁左右的女儿。借宿的只有我一个。因为木工喝酒，夫妻二人常常吵架，但和周先生在荒町的那个有许多借宿者的小旅馆比起来，我这里还有那么些家庭情趣。对于当时正热衷于研究日本的周先生来说，这个贫穷的家庭好像也成了他好奇的对象。他主动和那家人套近乎，特别是和那个十岁左右的皮肤黝黑、不怎么好看的小姑娘关系很好。有时候他会给她讲中国的童话，有时候让那个小姑娘教自己唱歌。有一次，小姑娘要给战地的伯父寄慰问信，还请周先生帮她修改。周先生对这个天真无邪的请求很是欢喜，还把信给我看。

“写得真好啊！哪儿都不用改。”他一边说一边仔细地品读那个小姑娘写的信。

那是一封很普通、丝毫不出奇的信。

“去年久疏问候！听闻伯父在连月亮都会冻僵的西伯利亚平原上俘虏了俄国人，还加入了敢死队，众人皆说您还如往年一般积极进取。今后也请保重身体，为您祈福，再会。”

周先生首先很中意“月亮都会冻僵的西伯利亚”这句，虽然周先生说自己不太会被景色打动，但唯独对月亮似乎并不怎么讨厌。而最让周先生感叹的，是贯穿在这短信中的鲜明忠义的赤子之心。

“写得明明白白！”周先生得意扬扬地说着，好像自己立下了什么大功劳似的。“毫不犹豫，说得痛快，‘为天皇陛下尽忠’，说得很干脆吧，简直就是 naturlich[①]。日本人的思想全都被 einen[②] 在‘忠’这个观念上。此前我一直以为日本人是否没有哲学，但是否可以说，‘忠’这个 einheit[③] 哲学从很久以前就被日本人 fleischwerden[④] 了呢？这种哲学因为被太过 purifizieren[⑤]，反而就察觉不到了。”和平时一样，他一兴奋就会一边冒德语一边感慨。

“不过，忠孝思想不是从贵国传来的吗？”我故意泼他冷水。

“不，不是的。”周先生当即否定，“你或许知道，中国

---

① 德文“纯粹”。
② 德文“一”，可理解为“统一”。
③ 德文“统一”。
④ 德文“变成肉”，引申为“消化”。
⑤ 德文“净化”。

的天子不是万世一系的。从尧舜禅让开始，夏朝在四百年十七代到桀王时，被成汤放逐于南巢。这也可以算是中国武力革命的渊源吧。自那以后就不断重复着对帝位的巧取豪夺，虽然每次都是不得已的operation[①]，但新登基的君主似乎总会于心不安，基本都会说些辩解之词。‘忠’这个观念，被奇妙地放在了一个复杂而暧昧的位置，取而代之的，这么说或许有些奇怪，‘孝’却被大力提倡，并以此作为治国之本，还出现了企图将国民的伦理观统一为‘孝’的倾向。所以，可以说中国所谓的‘忠孝’，这个‘忠’仅仅是起了‘孝’的接头语的作用而已，主格其实是‘孝’。但是，‘孝’原本就被灌入了政策上的意义，是被鼓励的道德。统治者极度地利用这一点，将反对自己的人冠以不孝的罪名后杀死，所以‘孝’成了统治者权谋诡计的工具。而被统治的人也由于不知道自己什么时候会因不孝的罪名被杀，于是终日战战兢兢，夸张地孝顺父母，像是做给别人看，最后才会有‘二十四孝’那样愚蠢的传说在民间流传。”

“不过这话你也说得过头了。二十四孝在日本是孝道的典范，并不愚蠢。”

---

① 德文“军事行动”。

“那么，二十四孝是什么和什么，你全都知道吗？”

“虽然我不是全都知道，但我小时候听了孟宗哭竹生笋、王祥卧冰求鲤这些以后，是真的很尊敬那些孝子。”

“嗯，那些故事虽然还行，但你不知道老莱子的故事吧？老莱子到了七十岁还婴儿似的向他年近期颐的双亲撒娇的故事。你不知道吧，他撒娇的方式可细致了。他经常穿着婴儿穿的花衣服，‘咚咚’地摇着拨浪鼓，绕着他那年近期颐的双亲爬来爬去，嘴里‘啊、啊’叫着逗父母开心。这个故事怎么样？我小时候在图画书上看到的，那本图画书画得匪夷所思。七十岁的老人穿婴儿的花衣服摇着拨浪鼓的画面太丑恶了，根本无法正视。他的双亲看到他的样子真的会觉得可爱吗？我幼时看的图画书上，那年近期颐的双亲满脸无趣，犯愁地看着那个七十岁蠢儿子的狂态。是的，那是 wahnwitz[①]。这根本就不正常。另外，还有这样的故事。有个叫郭巨的男子非常贫穷，常为自己不能让老母吃饱饭而苦恼。郭巨有妻有子，孩子三岁。有一次，他的老母——三岁的孩子应该叫她奶奶——把自己碗里的吃的分给了三岁的孙子一点点，郭巨很惶恐。老母

① 德文“精神错乱”。

的饭本来就不够吃，现在自己三岁的孩子还要来抢她的饭，结果就变成他不得不把孩子给埋了。那本图画书上有这么一幅画：那个将被活埋的三岁小孩被郭巨的妻子抱在怀里咯咯笑，郭巨在旁边满头大汗地挖坑。自从看到那幅画以后，我就对自己的祖母敬而远之了。因为那时我家家境正渐渐贫穷，万一祖母给我吃个点心什么的，我父亲一惶恐就说‘不得不把这孩子给埋了’，岂不是很吓人吗？突然之间，我觉得家庭这个东西很可怕。这样一来，儒学先生们的苦心教诲就全落空了。倒是只有反效果。日本人很聪明，怎么可能会把这种二十四孝作为孝行的典范。你这是在说客套话。我最近在休闲馆听了二十四孝的落语。讲的是一个人，想要孝敬母亲，于是问母亲想不想吃竹笋，母亲回绝说自己牙不好，实在不能吃。所以我认为日本人很聪明。不会被愚昧的说辞蒙蔽。所谓文明并不是让生活方式变得时髦。总是保持清醒才是文明的本质。要看穿伪善。拥有这种洞察力的人才能被称为有教养的人。日本人继承了祖先传下的良好教养，并本能地撷取、吸收了中国思想的健全部分。在日本似乎认为中国盛行儒教文化，但道教文化在中国才是根深蒂固。民众信仰的对象不是孔孟，而是神仙，他们迷信长生不老。但是在日本，根本就无人理睬不老不死的神仙之说。人们仅仅把它当作笑谈。‘神仙’这个词简直就被当成白痴、疯子的代名词。因为日本的思想被统一在‘忠’上，所以不需要神仙和二十四孝。‘忠’就是孝行。前几天我们一起看的戏里，政冈也教育自己的孩子要尽‘忠’，却没有教育孩子要对母亲尽‘孝’。但因为‘忠’就是‘孝’，所以那样就可以了。日本人看那出戏时会哭。但‘仙人’和‘二十四孝’则被编进落语当成笑料。”

“不，也不是。”我内心无法平静，既惊且喜，“因为日本人说话刻薄。我们并没有蔑视贵国的教条，不过这种辛辣嘲笑别人的毛病是不对的。”

“不，日本人说话恶毒仅仅是在气势，实际上反而是淡薄的。‘辛辣’这个词并不适合。在中国有‘他妈的’这样的脏话，这种才是真正的辛辣。这是很过分的话。因为太过下流卑劣，我都不想说它的意思，恐怕这世界上再没有其他民族能发明出这么致命的脏话了。单就这点而言中国是世界第一。”

“虽然我不知道那个‘他妈的’是什么，不过，我觉得中国排世界第一的东西不只那一个，我想除此之外一定还有其他的。这也许仅仅是我的一种直觉，但我实在认为在贵国流传着超乎我们想象的伟大传统。你把贵国说得那么不堪，但藤野先生说过‘中国保存着良好的传统，所以反抗者会出现在那传统的继承者中’。我听着你对中国的批判，却反而感到中国的从容。中国绝不会灭亡。只要有十个像你这样的人，中国就会成为名副其实的世界一等大国。”

“别捧我了。”周先生苦笑道，“中国要是像现在这样可不行。绝对不行。什么从容，只要还有那种得过且过的自负心理就不行。日本人全都卷起了袖子，有志向，很认真。中国必须学习日本的这种态度。”

那时，我经常会像这样和周先生进行中日比较的讨论。周先生很激动地打算等这学年结束放暑假了，就去东京，向留日学生们阐明他发现的神之国清洁且直截了当的一元哲学，并以此来启发他的同胞。很快到了暑假，周先生去了东京，而我则回了乡下老家。我们分开了整整两个月。

九月，随着新学年的开始，当我在仙台再次见到周先生熟悉的面孔时，心里却“咦”了一下。不知为什么，我觉得周先生和以前不同了。虽不至于冷淡疏远，但他的目光变得有些犀利，即便是笑，脸上都带着冷冽的阴影。

“东京怎么样？”我问他，他却露出奇怪的苦笑。

“在东京大家都很忙，电车轨道一天比一天向着四方延伸，那就是如今东京的 symbol[①] 吧。到处都动荡不安、吵吵闹闹。还有，因为对战争的讲和条件不满，东京市民正义愤填膺地到处开演说会，局势很不稳定。听说现在东京已经施行了戒严令。东京人的爱国心太过天真了。”

“贵国的学生们对‘忠’的一元论怎么看？反响如何？”

周先生忽然拧起了脸，仿佛突然牙痛一般：“这个……因为太忙了，我已经搞不清楚什么是什么了。日本人的爱国心虽然不稳定，但本质是单纯明朗的，可我的爱国心却是复杂灰暗的，不，或许也没到这样？总之我有许多事搞不懂。太难了。我什么都不明白。”他冷冷地微笑，“不过，现在有不少日本青年正在研究世界文学。去书店时我吃了一惊，各国的文学书籍都有现货，日本的年轻人热情地选购着，感觉像是在为生命的充实而努力吧。我也学他们，买了些书带回来。接着我也打算研究下，不要输给他们。我的竞争对手是那样的东京年轻人。那些人正因为某个新的世界而 erwachen[②]。这就是我对东京的感想。”

此后讲课一结束，周先生就立刻回自己的宿舍，几乎

① 德文“象征”。
② 德文“觉醒”。

没有再像以前那样来我住的地方玩了。一个秋风萧瑟的晚上，津田罕见地来到了我的住处，他神情古怪地说："喂，发生了件麻烦事。"接着从口袋里拿出一封信给我看。收信人写着周树人先生，寄信人则是直言山人。我有些无语，这真是个蹩脚的匿名。然后我皱着眉看了信的内容，文章的内容更为蹩脚，字迹也很潦草，总之就是一封散发着恶臭的肮脏书信。信里先是大大地写着：

你悔改吧！

我感到毛骨悚然。我一直就很讨厌这种预言一般装腔作势的语句。接下去则是些稀奇古怪的所谓"直言"。那"直言"絮絮叨叨、颇为难懂，大意就是：你卑鄙，你事先让藤野先生泄露给你解剖学的考题。证据就是你解剖学笔记上藤野先生用红笔标注的记号。你不配及格，你悔改吧！

"这是啥？"我正想撕了那信。

津田连忙说着"等等、等等"，飞快地把信从我手中抢了过去："这可是大事。接下去我还想和你好好商量。这实在是件令人不愉快的事件。我得喝点酒。这屋子里有酒吗？"

我苦笑着去问借宿家庭的人是否有酒。女主人回答："酒今晚被丈夫喝了，不过还有啤酒。"

"啤酒行吗？"我问津田。

津田露出稍显悲痛的表情说：“啤酒？吹着冷风喝啤酒真是蠢透了，好吧。没关系。拿来吧。”

津田一个人咕咚咕咚喝着啤酒。

“哇，真冷啊。秋天的啤酒，真够呛。”他喊着，打起了冷战，结结巴巴地开始讲起这件事的重大性。因为嘴唇青紫，全身哆嗦的演讲竟也营造出了一种非同一般的凝重气氛。

“这是国际问题。”他说话一如既往地夸张，“这件事看似是周先生一个人的事，但其实不是。现在中国留学生分布在日本各地，人数已接近一万。也就是说，在周先生的背后有一万名中国留学生在待命。周先生一旦发怒，这一万名留学生势必站起来声援。到那时，仙台医专自然会名誉受损，而我国的文部省、外务省也必须向清政府道歉。这确实会给中日亲善外交留下一大污点。你对这件事怎么看？”虽然他是这么说的，不过我还是和往常一样，敷衍地听过算过。

“周先生看过那封信了吗？”

“看了。今天我们一起从学校回去时，这封信已经寄到了宿舍。周先生从柜房拿了信后很随意地塞进了口袋走上楼梯，但这个时候我突然福至心灵，于是叫住了他：‘等下，刚才的信就在这里拆了吧。’周先生在走廊上站定，默默地拆了封。他稍微看了一眼，就想要撕掉。”

“就是啊，这么肮脏的信，谁都会想撕掉的。”

“哎，别这么说。我突然拿过那封信看了看，哇，终于动手了啊。”

“怎么，你不会是认识这封信的寄信人吧？”

“没什么好瞒的，我认识。就是矢岛那家伙。那个landdandy[①]。”

被他这么一说，我忽然想起几天前发生的一件小事。那是在藤野先生的课上。先生一进教室，班会新干事矢岛马上站起来走到黑板前，写下了“明天开班会”的通知，然后又加了句“请全体悉数出席，切勿遗漏”。还在“漏”字上画了两个圈。接着就有五六个学生哄笑起来。我没想太多，以为他是因为开班会人总是不齐，才特意强调“切勿遗漏”的。但那其实是矢岛拙劣的讽刺。因为藤野先生和周先生都在场，所以他才会耍这种卑鄙的伎俩想要暗中讥讽“泄露”考题。察觉到这一点，我当下就怒了。

“去揍他吧！”我只是单纯觉得不能姑息这种卑鄙无耻

---

① 德文“乡村纨绔子弟”。

的小人。在我平凡的六十年人生生涯里，真的让我想要揍人的就只有那一次。我现在就想连夜去他家揍他个痛快。我之前就很讨厌这个留有大胡子的矢岛。他来自不知是仙台东北学院还是别的基督教学校。虽然或许并不是这个原因吧，不过若借用周先生的话来说，那他就是伊达藩的 der Stutzer[①]。如果按照津田的话，那他就是个土绅士，差不多是这种惹人厌的狂妄自大的男人。起初他在教室里还挺老实的，之后因为他开始自称父亲是仙台的大财主，还仗着父亲的权势在颐指气使，不知不觉就成了班上的老大。在这次新学年班会干事改选中，他踢掉津田当选为新干事。虽然我不赞同从东京、大阪来的学生把东北看成乡下的轻蔑态度，但也不认同东北本地的学生反过来暗中串通起来打击报复的倾向。特别是因为我自己也算是东北人，所以在看到农村人那种世故的复仇心时，就会产生一种自我厌恶，所以比起东京、大阪的学生，我更厌恶本地的学生。

“不能揍，那可是私斗。”津田见我开始兴奋，忽然表现出十分镇静的态度，“对方不只矢岛一个，还有许多捧他臭脚的乡巴佬。我在想应该利用这个机会纠正一下他们的

① 德文“好打扮”。

排他思想，我们不都是绅士吗？还是打思想战吧！”

“但是津田先生，我也是乡巴佬。”不管是用在什么场合，我都觉得“乡巴佬”这个词很刺耳。虽然地头蛇矢岛也是个无趣的人物，但是，用这个词的东京人津田的心理也谈不上有什么高尚，我改变了自己的想法，觉得他们半斤八两。

“不，你不同。你绝不是乡巴佬。你呀……”津田的表情有些困扰，“从某种意义上来说，我更想说你像城里人。”他越发词穷，“是了，你是中国人！没错，你就是那样。”

我怔住了。

“所以你才会被同为东北人的矢岛他们敬而远之。”津田煞有介事地说着，“也就是说，你现在和周先生是一样的。虽然我绝没有这么想，不过班上都评价说你的脸长得像中国人。你呀，也确实不应该只和周先生一个人交往。班上的人在背后都把你的名字‘田中卓’叫成‘でんちゅうたく’（田中卓的一种类似中文的发音），而你却不知道。怎么样，你的名字变成了田先生。很不愉快吧？”

我倒是不太在意这种事。但即使迟钝如我也渐渐明白了为什么津田要把这次的事扯到我头上，还搬弄叫嚣着支离破碎的迁怒之词。津田终究还是不甘被矢岛抢走了班会干事的名誉职称，所以这个忧郁失意的小政治家一定是怀着——借此机会把矢岛的信闹成大问题，逼矢岛辞去干事职务，自己就可以再次和之前一样光明正大地炫耀印着头衔的名片——令人同情的企图来找我的。首先要煽动与周先生关系最好的我，我一激动就会像以前某次那样报告给藤野先生，这样一来，藤野先生就会错愕地叫来矢岛，大声训斥并剥夺其干事的光荣职务。我甚至怀疑他莫非梦想着事情可以这么一步步发展，才会这么大吵大嚷。这么一想，我终于感到了扫兴。

“为什么你从以前就知道这种种事端，却不向矢岛他们证明周先生的清白呢？”我噘着嘴问他。

“那是因为即使我说了也没用。他们认定我也是和周先生一伙的。我、你、藤野先生，还有周先生，这四个人目前差不多就像是被告。简直岂有此理。连藤野先生的人格都怀疑，真是太过分了。所以怎么都得团结起来制订对策。总之你明天就去向藤野先生告状，我之后再去集合其他同伴。”

到底还是和我怀疑的一样。我感到很不痛快，想去揍矢岛的想法也全没了，我只想尽快摆脱这些愚蠢的政治斗争。

“我希望你能答应我一件事，”我的心情冷淡而顽固，“我明天会为此去藤野先生的研究室，在先生做出指示之前，能请你不要对任何人提起这封信的事吗？”

“为什么？”津田的嘴拧成了一个“へ”字，他瞪着我问道。

“不为什么。”我努力微笑，“总之，集合同伴的事能等两三天吗？不然，我就是你的敌人。”

此刻我只是同情周先生。还有在周先生的学习上花了大力气的藤野先生也很可怜。我关心的就只有这些，其他无所谓了。

“是吗？”津田恨恨地扭向一边，“看来你不信任我。”

我没有理会他的话：“你如果不答应我，我就与你为敌，还对藤野先生说很多你的坏话。”

“那，岂非，很不讲理！”

“不讲理就不讲理。因为是敌人。怎么样，你能答应我吗？”我顺势逼他。

津田不情不愿地点了头。

“东北人真难对付。”他小声地说。

翌日，我去了藤野先生的研究室，扼要地汇报了这件事。

“津田君也很愤慨，他说要等待先生的指示，希望能帮上忙。”我在传达的时候美化了津田的胸怀，当然也完全没有提矢岛的名字，只是请求藤野先生能为了周先生而消除这些误解。

“什么消除不消除的……”先生的笑容出乎意料地从容，“周君的解剖学是不及格。但因为其他学科的分数高，唔，才取得了那样的成绩。周君是第几名？”

“不清楚，六十名左右吧。”我们从第一学年升入第二学年时留级生多到异常。同一届学生里有三分之一，大概五十人都惨遭留级，我和津田也都是在八九十名的危险位置勉强及格。身为外国人的周先生却能够到六十名，是因为他聪明用功，所以我们觉得这是他理所应得的成绩，但对于不太了解周先生的人来说，说不定就会觉得这个六十名很可疑。特别是那些留级生，他们忽略自己读书不用功，而想着挑进级生的毛病，很难说周先生不会因此而被当作全体进级生的牺牲品，成为众矢之的。

“六十名吗？”先生似乎对这个六十名不满意，“并不是什么很好的成绩啊。不更加努力学习可不行呀。总体来说，上学年你们的解剖学没学好。解剖学是医学的基础，如果没有学得很扎实，说不定有你后悔的时候。就是因为彼此怠惰，才会发生像这次这么愚蠢的问题。但若是互相鼓励，一起学习的话，既不会有误解，也不会有嫉妒了。所谓

‘和’，绝不是消极的东西。发而皆中节，谓之和，这在《中庸》里也有写过吧。‘和’是天地跃动的姿态。是已经拉到紧绷的——”先生做出把弓拉成满月形的姿势，“嗖地射出的箭矢毫无差池地正中靶心，发出‘砰’的明快响声。那种感觉就是‘和’。发而皆中节。这个‘发’是不能忘记的，就是要学习。有句话叫‘以和为贵’。所谓‘和’，并不是指要和乐地玩在一起，而是‘互相鼓励，一起学习’，这才是‘和’。你似乎是周君的好友，但他为了向中国传播新的学问才特地来到日本学习，所以你必须大大地鼓励他，忠告他要取得更好的成绩才可以。虽然我也有各种忧心，但第六十名太不像话了。他必须是第一、第二名。日本在古代也有学生去唐宋学习，受到了那个国家的多方关照。现在日本必须回报当时的恩情，把我们所知道的事情教给那边的人。可是周围的日本学生们却只知道玩，一点儿也不学习，难得周君他们抱着高远的志向来到日本，却也会被卷入其中而懒惰。如果你真的是周君的好友，下次我来给你们两个人出研究 thema[①] 也成。裹足的 Gestalt der Knochen[②]

---

① 德文“主题”。

② 德文“骨骼形态”。

之类的怎么样？可能的话，最好是周君有兴趣的主题。但是，我现在手头也没有 modell①，会不会很难？总之，必须让周君对医学更有 pathos②。周君最近不太有精神吧？他是不是讨厌解剖实习这些？中国人对 leichnam③有其独特的信仰，他们似乎不火葬，基本都是土葬。就好像《中庸》里也有写的'鬼神之为德，其盛矣乎'那样，他们对死后的鬼魂十分敬畏。或者，周君最近消沉的原因是我们对待 leichnam 毫不讲究，所以他对医学也感到了厌烦？如果是这样的话，你可以这样告诉周君。日本的 kranke④非常乐意自己死后能对医学的发展做出贡献，特别是如果知道不久后还能对中国起到作用，甚至会感到光荣。你就这么说，给他勇气。要是做个解剖实习就变得脸色发白，那将来连个小 operation⑤可都做不了。"先生一个劲儿地讲着周先生的事情。

"那么，信的事要怎么办？"

"那个完全不用在意。不过如果因为这件事而让周君讨

---

① 德文"模型"。
② 德文"激情"。
③ 德文"尸体"。
④ 德文"病人"。
⑤ 德文"手术"。

厌学校就不好办了，所以你要好好安慰他、鼓舞他。虽然信的事置之不理就可以，不过如果津田君多嘴多舌把事情闹大也很无趣，唔，我去跟干事说，让他们找出写那封信的人。不必向我报告是谁写的，不过写信的人自己去周君那儿，仔细翻看笔记，认识到自己的错误后坦诚地与周君和解，这样就可以了吧？这次的干事是矢岛君吗？”

正因为那个干事就是写信的人我才为难。不过我又想到先生偏偏派矢岛去找写信的人也颇为讽刺，说不定会出现很有意思的结果。

于是我就说：“嗯，是的。那么就请您去对矢岛君说吧。”我快速转过身，背后又传来先生的叮嘱：

“不只是周君，你们大家也都要更加努力学习！各人自发，方可称为‘和’。”

我也不知道这件事给周先生的内心造成了多大的冲击。那段时间周先生的态度让人觉得难以接近，所以即使是在学校里碰上，彼此也只是微微一笑，说一些“你好吗”“嗯”之类十分懦弱的、不痛不痒的问候，像藤野先生叮嘱我的那些安慰激励的话一句都没能说出口。而且如果我冒冒失失地说了这些话，结果反而让敏感的周先生尴尬也很没意思，所以我假装对笔记灾难一无所知。

然而大约过了一个星期，在一个下着大雪的夜晚，周先生把头埋在外套里，全身雪白地来到了我的住处。

“来，快请进，来。”我因为周先生久违的来访而激动，飞奔到玄关去欢迎他。而周先生却莫名地犹豫。

“可以吗？你没有在学习呀？不打扰你吗？”他表现出从没在我面前露过的胆怯而客气的态度，我几乎是把他拽进了房间。

“我刚去了那边的美以美教会，回来的路上感到实在太寂寞了，所以就顺路过来看看，没有打扰到你吧？”

“没，我差不多总是在玩。不过，你说去教堂，这又是怎么了？”

周先生和我一样，对基督教的邻人友爱怀着敬意，对于被钉到十字架上的耶稣的宿命的尊敬也没有落于他人。但是，他不怎么喜欢教堂里职业牧师那伪善家一样的悲怆表情，以及往来于教会的青年男女的做作态度，所以即使仙台市内分布着许多教堂，他都采取敬而远之的策略。尤其是像周先生这样的人认定，那些无论如何都想要做出像是基督教徒举止的基督教徒不是真正的基督教徒，他甚至说过就好像中国的儒学先生们歪曲了孔孟精神一样，基督教的教义也因为外国的牧师们而堕落。然而，他却说他去了美以美教会。

周先生有些腼腆。

“不是，我最近是 kranke[①]，所以很久没有和大家见面，完全成了 einsam[②] 的鸟。但是，那个时候好开心的吧，我们一起在松岛过夜，燃烧着幼稚的气焰……”说到一半他垂下了眼，钻在被炉里沉默了片刻，才又忽然抬起脸，“实际上，昨天矢岛先生来我住的地方向我道歉了，还说那封信是他自己写的。”

事情的经过我也听津田说了，所以已经知道。矢岛接受了藤野先生请他搜查犯人的委托，还被吩咐今后也要照顾周先生，不知道是因为他毕竟有着东北人道德中特有的洁癖，又或是他从信仰的基督教中感悟到了反省的美德，他突然哭着坦白说写下那封信的人就是自己，对这次愚蠢的误解深表歉意，还说要辞去干事的职务，并推荐了津田作为后任，津田也无法接受事情变成这样，结果，干事就由矢岛和津田二人共同担当。事情在各方面都圆满收场，津田拍着我的背直叫“军师，军师”。我哪里是什么军师，无非是我的无策之策出乎意料地奏效了而已。

---

① 德文“病人”。

② 德文“孤独”。

“因为我总是请藤野先生修改笔记，所以引起这样的误解也是情有可原，我反而对他感到过意不去。虽然我以前不怎么喜欢他，但在互相交谈中，我发现他是一个非常正直的人。我语带讽刺地问他：‘你是基督教徒吧？’他认真地点了点头，说：‘是的，但也不是说基督教徒就不会犯罪。反而是像我这样有着许多缺点，还总是犯下罪恶的坏人才会成为基督教徒。教堂是像我这样易犯过失的人的医院。是 krankenhaus[①]。而福音则是我们 herz[②] 病人的 krankenbett[③]。’矢岛君的话莫名地深深沁入我心里，我忽然也想敲敲 krankenhaus 的门。我现在的确是 kranke，所以今天就糊里糊涂地去了教堂，不过，对于西洋风格的夸张礼仪我还是有不能接受的地方，感觉很失望。今天的说教正好是《旧约》的《出埃及记》的几处，讲摩西把他的同胞从奴隶的境遇中解救出来付出了怎样的辛劳，听到这些后，我不寒而栗。面对在埃及城市的贫民窟里过着喧嚣而怠惰的日子的百万同胞，笨嘴笨舌的摩西为了宣扬脱离埃及的理想而四处游说，反倒被大家视作麻烦。但他时而呵

---

① 德文“医院”。
② 德文“心理”。
③ 德文“病床”。

斥、时而劝慰、时而怒吼，总算带领着大家成功脱离了埃及。但在之后四十年的漫长岁月里，他们却迷失在荒野里。脱离埃及追随摩西而来的百万同胞非但没有感谢摩西，还一个都不落地嘟嘟囔囔、诅咒摩西。他们说都是因为摩西多管闲事，情况才会变得这么凄惨，就算脱离了埃及也没有半点好事，啊，现在想起来还是在埃及的日子好，奴隶不奴隶的根本就无所谓，既能面包吃个够，肉锅里还咕嘟咕嘟地炖着鸭肉和葱。'我们在埃及的土地上，坐在炖肉锅的旁边，在尽情享用面包至饱时，即使死于耶和华之手亦是甘愿。你带领我们来到这片旷野，我们全都会因饥饿而死。'他们破口大骂，毫无理智地发着牢骚。我联想到我们国家现在的民众，感到非常难受，因为实在听不下去这次的说教，就中途逃了出来，但因为感觉好寂寞，就赶到你这儿来了。绝望，不，绝望也是个令人生厌、故弄玄虚的词语。要说什么好呢？所谓民众，大致就是那样吧。"

"不过，虽然我对《圣经》里的事一无所知，但那个叫摩西的最后还是成功了吧？不是有他在西奈山顶，指着美丽的约旦河流域大喊：看到了故乡！看到了故乡！这样的记载吗？"

"是的，但是，在那之前的四十年岁月里，却得让同胞们忍受不吃不喝的痛苦。这种事办得到吗？不是五年、十年，是四十年啊。我已经弄不明白了。今年夏天我在东京得到的，还是对拯救这种民众的怀疑。今天又让你听我唠叨了。在松岛时燃烧着的幼稚气焰虽然很快乐，但今晚的告白却是暗淡的。”周先生笑了一下，“我刚才笑了吧。我为什么会笑呢？埃及的奴隶一定也会经常露出这种连自己都弄不明白的笑。即使是奴隶也会笑。不，或许正因为是奴隶才笑。我在仙台街上散步时也会留意俘虏的表情，但那些人几乎都不笑。这证明他们还抱有某种希望。只不过是想早日回国的焦虑，还是要比奴隶强的。我偶尔也会给那些人卷烟，他们会一脸坦然地接过。他们还没有成为奴隶。”

那时，在仙台的俄国俘虏，多的时候达到两千人，分别被收容在荒町、新寺小路附近的寺院，还有宫城野原的临时小屋等地方。从那年秋天开始，他们被允许在市内自由散步，虽然我不知道俄语的正确发音是什么，但他们经常表示想要papyrus，而那似乎指的就是烟草，就连仙台的孩子们也不知不觉地记住了“papyrus”这个词语。他们会去问俘虏们：“想要papyrus吗？”俘虏们点头后，孩子们兴高采烈地跑去烟店买烟给他们，还很得意。

“我给那些人烟，他们却很平静，感觉不好意思的反而是我了。我甚至感到了侮辱。难道这些俘虏看穿我是中国人了？他们知道中国马上就要沦为列强的奴隶，因此才会对我表现出特别的优越感？不，这的确是我的偏见。是的。这次我在东京领会到的就是这种偏见。我很不安。对于救济自己国家的民众非常不安。现在想起来，自己当时在松岛的气焰非常幼稚。我在对自己当时的单纯幼稚感到怀念的同时，也觉得很羞愧。一想起来我就会脸红。我竟然沉迷这种不成熟的理论！那个时候，我自认为深知中国的现状，但那全是少年天真的自以为是。我什么都不懂。而现在，我越发弄不明白了。不要说是中国的现状，我连我自己到底是个怎么样的男人都搞不清。在东京的留学生同胞说我是日本迷，甚至说我是汉民族的背叛者。更有人谣传说看到我和日本女人一起散步。为什么大家都这么反感我呢？是因为我说中国的坏话、表扬日本的忠义哲学吗？还是因为我没有和他们一起直接投身于革命运动？对于那些人的革命热情，我也是深有同感。如今黄兴派和孙文派也终于实现合作，成立了中国革命同盟会。大部分留学生都是同盟会党员。据他们说，中国的革命似乎马上就要成功了。但为什么我会这样呢？他们的气势越盛，我的心情就越发低落。你怎么样？从小我如果看到别人热烈鼓掌的时候，就会很不好意思地和他们一起鼓掌。听到磊落大方的演说，虽然我的内心很感激，但一看到别人热烈鼓掌飘飘然时，我就怎么都没法为这场演说鼓掌了。内心的感动越大，就越认为鼓掌好像是演说者虚伪的礼数，反而是失礼，我觉得沉默才是真正的敬意，还厌恶起鼓掌造成的喧闹。在学校运动会上给人加油时也体会过同样的心情。另外，关于基督教，我非常尊重基督教的‘像爱自己那样爱邻人’的思想，几乎想着要入教。但教堂里那夸张的姿态却阻碍了我的信仰。虽然你也说过，我身为中国人却从没说过孔孟的话。这点对你们来说，或许感到不可思议，但其实我在努力不说。我讨厌那些把孔孟的话像双关语一样挂在嘴上的人。连藤野先生那样的好人，在他说着古圣贤的话时我还是会捏把汗，心里希望他能停下。我们从小就被中国的儒学先生们强迫背诵古圣贤的话到腻。而我们也被培育成了讨厌儒教的男子。我绝没有轻视孔孟思想。其思想的根本，或是‘仁’，或是‘中庸’，又或是‘宽恕’，说法各种各样。但我认为是‘礼’。‘礼’的思想很微妙。用哲学似的方法表达，那就是爱的表达方法。我认为人类生活的苦痛说穿了就是爱的表达困难。正是表达的不得法，才成了人类不幸的源泉。只要能解除这一点，那么君为君、臣为臣、父为父、子为子的秩序只要唱着歌就能自然形成，能把人类从所有的屈辱、束缚和痛苦中拯救出来。儒学先生们却把这些作为最细枝末节的行为礼数来教，反而使之堕落成君主侮辱臣子，父亲束缚儿子的伪善手段。这种倾向很早就有所表现。比如，魏晋时期竹林里的名士，就是因为无法忍受‘礼’这种思想的堕落而逃到竹林，借酒消愁。他们的礼仪非常差，还时常赤身饮酒。当时所谓的‘道德家’们骂他们是无赖，是背叛道德的人，不，即使是现在，优雅的正人君子们也会对他们的行为皱眉。其实那些竹林名士，似乎也没有认为自己的生活有多气派。但没有办法，除了竹林，他们无处可住。人们滔滔不绝地把‘礼’作为名目，给反对自己的人冠上‘不孝’的污名，打倒他们，以巩固自己的地位和财富。一心信奉‘礼’本来模样的人们，在看到伪善者滥用‘礼’时，虽然会觉得很不平，但却无能为力。反正没有办法了，他们产生了某种愚蠢的倔强，从今以后我再也不提半个‘礼’字，他们自暴自弃，反过来说‘礼’的坏话，还开始粗鄙地赤身饮酒。其实在心底把礼教当成宝物一般真心爱护的，只有当时的这些人。他们采取这种‘背德者’的态度是因为原来的坚守无法维持‘礼’的思想，当今时代的‘道德家’们表面上正派优雅，实际上反而是在破坏‘礼’的思想，他们全然不相信礼教。相信礼教的人成为‘背德者’逃入竹林，像无赖一样整天酗酒。我现在还不想逃入竹林，赤裸着身体喝酒，但我的心情还是在竹林中徘徊。我已经看透了儒学先生们伪善的举止。关于这一点，我应该已经在松岛的旅馆里向你无数次地坦白了，思想一旦被用来当作客厅的欢谈，那也就结束了。我是想从那不洁思想的遗骸中逃脱，是憧憬着新学问才舍弃故乡去的南京。在那之后的事我也在松岛跟你说过。但我在这个夏天去了东京后，却迷失在了更痛苦、更深邃的竹林。我自己不知道那是什么，不，即使知道，我也不敢明言。如果我的疑惑不幸实现，或许我除了自杀就别无他路。啊，如果这疑惑仅仅是我的妄想就好了。说得清楚些吧，我最近从留学生同胞的革命运动中，不经意地感到了那种不祥的、夸张的气息。或许不能配合他们狂热的行动是我不幸的宿命。我认为他们的运动绝对正确。我尊敬孙文，信奉三民主义并当作宝物一般珍视它。这是我唯一的指望。如果连这个思想也抛弃了我，那我就成了浮萍、奴隶。然而，我现在还是在紧跟竹林名士的命运。我很努力。留学生们的热情绝对没有错。‘我们一起呐喊怎么样？会说难为情是因为你虚荣。你身上有种不健康的虚无主义者气息。你的脸上流露着奴隶的微笑。你要当心！放逐你心中的黑暗，即便不自然也没关系，去增添明亮的光吧！’我斥责、鞭策自己，想规定自己的航路，想牢牢把握住掌舵的方向，甚至想成为革命党员。可是……”他说到一半，然后不安地问我，“几点了？已经很晚了吧？”

我告诉了他时间。

“是吗？那我可以再打扰你一会儿吗？”他浮现出低下的笑容，“我最近越来越不理解别人的心情了。连中国人之间的都无法理解，不理解其他国籍的人是理所当然的。我觉得我到现在有些过分依赖你。不只是你，藤野先生也是，还有你这儿的房东夫妇也是，我有些太过得意了。矢岛先生的那封信反而给了我个痛快。他表现出的态度很明确，因为中国人劣等，所以不可能取得好成绩。这样一来，我也下定了决心，轻松了。温情让我难受得受不了。今后也请你对我直言不讳吧！我在这里和你谈到这么晚，你没有觉得厌烦吗？没有关系吗？”

我沉默了。我想：如果是这种客气得让人作呕的客人，或许连借宿处的人都会讨厌吧。

“你似乎生气了。但我好像只会对你感到安心。自松岛旅行以来，我让你听了我许多无聊的牢骚。医学救国吗？”

说着他扑哧一笑，“就是拼凑起来幼稚的三段论法。那种东西也就是歪理。科学。为什么我会这么畏惧科学呢？小孩子很喜欢玩火柴吧，很可爱。但若是小孩子就这么去使用科学武器，会发生什么？或许会发生惨事。因为小孩子只想着玩。就算把病治好了，他们又会立刻去河里游泳，于是旧病复发。凭借科学的威力让民众觉醒，鼓励他们新生的希望并为此努力，很快再引导他们对维新的信仰，这种东西甚至连三段论法都不是。只是一些不上台面的小聪明，都是歪理。我已经把科学救国论全部抹杀。现在我必须更冷静地重新思考。连摩西都花了四十年。不知为什么，我在穷途末路的时候必定想起日本的明治维新。日本的维新并不是靠科学的力量完成的。这是千真万确的。从水户义公编撰《大日本史》开始，靠契冲、春满、真渊、宣长、笃胤，另外，还有写了《日本外史》的山阳等一群著述家的精神启蒙为开端，并没有把 materiell[①] 的慰乐作为教化的手段。这就是称明治维新为奇迹的原因。用科学的快乐来拯救本国国民是非常危险的事。那是西洋人以侵略为目的对他国民众的驯服手段。对本国国民的教化第一是要启发

① 德文“物质”。

国民的精神。先治好肉体的疾病使其有了新生的希望，然后再精神教化，这种兜圈子的谋略一概不用。这并非事不关已，如果现在能领会像日本忠义的一元论那样明确直接的哲学，那我也就得到了救赎。舔冰激凌、含太妃糖、看无声电影，不都是只能让心情得到片刻放松的方式吗？日本的那个一元哲学，不用装样，而是任何时候都被默默地当成理所当然的事实行，所以令我安心。对于自己深深信仰的事物，还是不过分狂热、张扬比较好吧。我在东京的朋友们，张口就连呼‘三民主义、三民主义’，好像那就是区别人类与非人类的暗号一样，照那样，真正的三民主义信奉者不是马上就要去竹林了吗？不，虽然我觉得这一定是我扭曲的妄想，但我已经连三民主义是什么东西都搞不清楚了。但是，我必须相信那些人的热情。不，是必须尊敬他们的热情。那些人正为拯救自己的国家而拼命呐喊。我的生存之道也就只有配合他们步伐一致地奔走。虽然我不是革命党员，但也不是胆小鬼。我做好了随时和他们一起去死的准备。我觉得不管我希望与否，我的船舵已经被固定在一定的方向。我现在必须为他们做些什么，那首先要做什么好呢？一想到这个，我的眼前立刻就浮现出忧郁的竹林。那些人说我是民族的叛徒，说我是日本迷。可是，我倒认为那些人如果不背叛民族，就算是不幸中的大幸了。也就是说，我不懂政治。对我来说，比起党员的增减、干部的排面，我更在意一个人心里的空隙。明确来说就是，比起政治我更关心教育。而且那不是高等教育，而是民众的初级教育。我没有独特的哲学和宗教。我的思想是贫弱的。我只想把我一心一意信仰的孙文的三民主义浅显易懂地教给民众，促使民族觉醒。仔细想想，我作为那些人的同伴所能帮到的小忙，也许就只有这种极其低微的工作了。即使是这样，对我这种无能之辈来说也绝非轻松的工作。如果我要当一名医生，那么在大家的帮助下或许也能当上。那如果我要当教育者会怎样呢？参照日本明治维新的例子，我觉得对民众的教育最为有效的是著书，但我的文章完全不像样。我觉得比起成为中国的杉田玄白，成为中国的赖山阳对我来说要难上百倍。到头来，不管是成为政治家也好，医生也好，教育者也好，我都没有希望。今天去教堂寻求 krankenbett，却听了不吉利的奴隶的故事，因为震惊而跑来你这里，说了这么多傻话，我简直就像小丑，失礼了。你感到很无聊吧？小丑就此退场。你的房东好像还没睡，莫非正竖着耳朵听我说话？那个中国人在说些什么呢？恶心。不快点回去我们连门也关不了。真不注意、令人为难——

他们是不是在这样想？我觉得只有你能理解我，是这样吗？最近我决定谁也不信了，那么，告辞。”

“拜托你一件事，请你在玄关外面站一分钟。”

周先生的表情有些怪，但还是微微点了点头，出去了。

我向房东他们的起居室大声喊道：“阿姨，周先生回去了哦。”

“哎呀，让他带上伞好了。”就这么一句。淡淡的，却合我意。

我去找应该在玄关外听到了我们对话的周先生，但周先生不见了，只有雪在黑暗中纷纷扰扰。

这毕竟是四十年前的事了，我不能说自己的记忆准确无误，但我记得第一次从周先生那里听到“一个国家的维新不能依靠西洋的实用科学，而应该致力于民众的初级教育，如果不先改造他们的精神就很难成就维新”，的确是在那个大雪的夜晚。如果周先生是因为这个，不久后对文章产生了兴趣，到后来成为文豪鲁迅，也不是没有可能。不过，若是因为那个时候大家所谓的“幻灯片事件”令周先生的心里突然涌出这种疑问，我觉得这个说法还是有些出入的。虽说鲁迅自己也写了仙台时代的回忆，也明确说了是所谓的“幻灯片事件”才使自己弃医从文，但那或许是他因为某些情况而想要将自己的过去四舍五入、简明整理才写的吧。据说所谓人类的历史，经常会有要简明扼要地重编后才传递的情况。是什么原因使鲁迅一定要把自己的过去这样“戏剧性”地编排好呢？对此我也不知晓。只是，如果仔细地追溯他在叙述自己过去经历时中国的形势、当时的中日关系，以及他作为中国代表作家的位置，从这些方面出发并认真地追溯下去，或许可以得到令人首肯的答案。愚笨如我对此无法深究。戏剧里经常会有美女一转身就变成女鬼的戏码，但在人类的生活中不可能会有这么鲜明的转变。人内心的转变别人当然无法明白，甚至连其本人也不一定十分明白吧。很多时候，人是在意识到自己体内不知不觉地流淌起不同的血液后才会感到愕然的吧？所谓的“幻灯片事件”的确发生在第二年春天。但我认为那并不是他的转折点，应该说那只是让他注意到了自己体内血液不知不觉间发生了变化的小契机。他绝不是因为看了那个幻灯片就突然立志于文艺，用一句话来说，是因为他在之前就喜欢文艺。这是俗人平庸至极的判断，连我自己都觉得没趣，但对我这种人来说，只会这么想。我觉得他如果不喜欢那条路，是绝对走不下去的。而且我认为，点燃了早就隐藏在周先生心中的文艺之火的那个捣蛋鬼，与其说是那张幻灯片，不如说是当时沸腾在日本青年之间的文艺热潮反而更为直接。说起当时日本的文艺热潮，那也是非常了不得，有种“不谈文艺非人也”的气势。即使是在仙台，女学生们也会捧着诗集小说之类的昂首阔步（读没读过不知道），当时她们被称为“星堇派”吧，大多戴着眼镜，会有些神经质地皱眉瞪视粗俗的我们。文化剧也经常在仙台的剧场里上演，连我这种俗人最终也没能抵抗这股激流，偷偷地读起了藤村的新体诗。连东北的仙台都是这种盛况，那么花之都东京又如何呢？一定是我想象不到的样子吧。周先生暑假去东京后，最先感受到的就是澎湃的文艺海啸吧，是书店里洪水般淹没读者的文艺书籍吧，还有那些神情异常认真、游弋在洪水中的大群青年男女吧。他一定想知道那些人究竟在追求什么而与他们一起在书店里徘徊。事实上，他买了许多文艺书带回仙台，还说那些人是自己的竞争对手。文艺的热情在他的心中徐徐燃起的同时，本国青年们的革命呐喊也无时无刻不萦绕在他胸口。医学、文艺、革命，换句话说，科学、艺术、政治，他是被卷入了这三者的混沌旋涡里了吧。虽然我对周先生后来大量的著作几乎不了解，因此我也不知道什么是所谓伟大鲁迅的文艺功绩，但我确实知道，他是中国第一个因文明而病的患者。我所认识的仙台时代的周先生，因为近代文明而烦心痛苦，为寻求病床甚至敲过教堂的大门，但是，在那里也没有救济的方法。他像往常一样退缩了。懊恼到最后，那个品质高尚的正直青年脸上甚至浮现起了无力的微笑。自我厌恶是混沌的特产品。凭他对文明的感情，难道还不能称其为中国那些令人心酸的先驱者之一吗？他不也使痛苦内省的地狱渐渐接近了堪称人间百感图的文艺了吗？那是他本来就喜欢的路。疲惫的他爬上这张病床后，是否有感到些许的轻松？但这只是我庸俗的独断。人的心理就连当事人也解释不了，像我这样才疏学浅的人就更不可能弄懂他人的心情了。但是，对众说纷纭的鲁迅的转变契机，我总觉得有那么些地方无法苟同，所以才这么大费周章地阐述了一通我所不擅长的理论。

那个大雪之夜后，过了差不多一个月，我记得大约是明治三十九年正月。那时，因为周先生已经有整整一周没有在教室里露面，我就去问津田，知道是因为闹肚子而卧床了。于是我放学回去时就顺便去周先生的寝室探望他。周先生脸色苍白得确实有几分病人模样，他一看到我去立刻就起身，不顾我的阻止立刻叠了被子。“什么？我已经没事了。据津田医生的诊断，怀疑是pest[①]，宣告我没救了。但那是个特大的误诊，我只是因为正月里吃多了鲱鱼子。日本正月里净吃些鲱鱼子呀、豆子呀这类不精细的东西来庆祝，真是个痛快的国家啊。”

我看了看散在桌边的众多书籍，几乎都是文艺书。德国雷克拉姆的书最多，另外还有日本的森鸥外、上田敏、二叶亭四迷等人的著作。

“论文艺是哪个国家的好？”我和周先生面对面地钻进被炉，一如既往地问着蠢问题。

“这个嘛，”那天的周先生十分快活，“文艺就好像是那个国家的反射镜一样。国家艰苦奋斗的时候，就会诞生出好的文艺。虽然文艺看起来像是柔弱男女的玩物，似乎和国家存亡没什么关系，但它的确能表现出一个国家的力量，可以说是无用之用吧，不容小觑。我想了解埃及、印度的文艺，几乎找遍了东京所有的书店，但连一本都没找到。印度这些国家比中国拥有更古老的文明，我觉得现在的印度，民族骄傲感应该已经在一些人心中觉醒，他们会尝试去写反抗其他民族压迫的文艺作品。我就光会说大道

---

① 德文“瘟疫”。

理，缺乏写诗和小说的才能，所以就想找一些被压迫民族的反抗作品译成中文，让我的同胞们读一读。可即便是翻译，文章写得差也不行啊。我在国内的弟弟作人，不好意思，他的笑容什么的和你有些像，他从小文章就写得比我好很多。我今后想向弟弟请教，兄弟合作，一点一点地试试文艺翻译。所以最近，我练笔写各种文章。”说着他从书桌的抽屉中取出一本笔记哗哗地翻开，“这种如何？不，就算请你看了，中文你也看不明白吧，我试着把这段译成日语吧。”

他在便笺上行云流水地写了数行，忽然满脸通红，然后犹豫着把便笺递给了我。我一读就觉得是篇好文。那天，我强行把那张纸带回去了。为什么呢？也许是留作纪念吧。虽然那时并没有清楚地预感到就快与周先生分别，但或许是出于某种直觉，我就是莫名地执着于那张纸片。从那以后，我一直都把那张纸片夹在笔记里，在教室里上课感到无聊的时候，我就偷偷地取出来，一边读一边怀念分隔遥远的周先生。但毕业的时候，那张便笺却被某个学友抢走了，现在想起来都觉得实在可惜。不过那是后话了。在当时我因为反复诵读，至今还大致记得周先生所写文章的内容，主题是文章的本质。

文章为美术之一，质当亦然，与个人暨邦国之存，无所系属，实利离尽，究理弗存。故其为效，益智不如史乘，诫人不如格言，致富不如工商，弋功名不如卒业之券。特世有文章，而人乃以几于具足。严冬永留，春气不至，生其躯壳，死其精魂，其人虽生，而人生之道失。文章不用之用，其在斯乎？

因为我记性不太好，也许会有两三处记错了，语气较弱的地方就请当作是我拿不准的，务必请想象原文是比这精彩十倍的好文。

短文的主旨，我觉得指出了与他从前说的“为帮助同胞的政治运动”的那种文艺有些不同的方向，但是，“不用之用”一词让人感到意味深长。到底还是会“用”，只不过，它没有像实际的政治运动那样对民众有强力指导性，而是有能渐渐地浸润人心，并使之充实的东西，我想就是这种意思吧。这样解释文艺，我认为一点儿都不保守，反而非常健全。循着这样的方法，即使我们这些文艺的门外汉也能隐约感受到其强大的实力。不知是那天又或是别的哪一天，周先生即兴打的比方也给了我很大启发。

“一名男子的船只失事，被卷入汹涌的波涛中，后被拍打在海岸上。他拼命抓住了灯塔的窗沿。呀，真高兴！他刚要喊救命，但往窗内一看，只见守卫灯塔的夫妇正和他们的小女儿谦和而幸福地用着晚餐。啊，不行。男子瞬间犹豫了。他感到不好意思，但立刻又有大浪打来，吞没了这个腼腆的遇难者，冲去了远方。我们先假设发生了这样的事。遇难者已经不可能得救了，他被怒涛吞噬——也许那是一个暴风雪之夜——一个人悄无声息地死了。当然，守卫灯塔的人也一无所知，他们一定正和乐地吃着饭。如果是暴风雪之夜，那就连月亮和星星也看不到这一切。结局就是谁也不知道。有人说事实比小说更离奇，但这个世界上应该存在着谁都不知道的事实。而且，很多时候，谁都没有目睹到的发生在人生角落里的事实，才会像高贵的宝玉闪闪发光。而文艺就是利用天赋的奇妙触角去把这些找出来。因此，文艺创作比被世人表彰的事实更接近真实。如果没有文艺，世界将满是空洞。文艺可以自然地填满这种不公平的空洞，像水往低处流一样自然。”

听了这番话，连我这样粗鄙的乡下人也理解了：原来如此，原来是这么回事。如果没有文艺这种东西，那么这个世界说不定就会像没有上油的车轮那样，无论一开始转得多快，也会马上嘎吱嘎吱地报废。另外，一想到热心指导周先生学医的藤野先生，我又会悲哀地深深叹息。那时，藤野先生还对此一无所知，依旧每周一次认真地用红笔为周先生修改笔记。但毕竟教书的人对自己的弟子很敏感，藤野先生似乎也觉察到最近周先生对医学研究渐渐没那么上心了，于是经常把周先生叫去研究室说些什么，而且我也被叫去了研究室两三次。

“周君最近好像没什么精神，你知道是怎么回事吗？”

“班里有人欺负周君吗？”

“你和周君商量过研究的 thema[①]了吗？”

“他的内心是不是还在厌恶解剖实习？其实日本的病人如果知道对医学有贡献，反而会自己提出希望 leichnam[②]解剖。这事你有好好告诉周君吗？”

先生的这些堪称啰唆的质问如同箭雨一般，而我不得不沐浴其中。渐渐地我敷衍以对。周先生医学救国的信念动摇了，而且他进一步认真研究了日本的维新后，了解到是一些思想家的著述引燃了日本明治维新的导火线。但周先生觉得眼下还不能指望深奥的理论著作，他打算先要对

---

① 德文“主题”。
② 德文“尸体”。

民众进行初步教育，所以他着眼于文艺，此刻正在研究各国的文艺——一想到要是向先生说了这些如同晴天霹雳的状况，先生会有多么惊愕，又会有多么失落，笨拙的我也只能含糊其词了。即便如此，我还是向周先生转达过一次先生的担心。

“这次我向藤野先生要了研究的课题，一起做吗？是关于缠足后的骨骼形状，很有意思吧？”

周先生微笑着摇了头，似乎已经觉察到了一切。那个时候的周先生虽然已经不再会有暑假过后那种令人心中发凉的充满恶意的表情，但总是好像住在与我们隔绝的世界里一般，见面时，大抵只是暧昧地微笑。对此，那个爱操心的津田也很忧烦。

“那家伙怎么了？在宿舍里也只是读那些无聊的小说，根本不碰学校的功课。那家伙也快成革命党员了吧？不，难道是失恋了？总之，他那样可不行。这次说不定会不及格。那家伙是被清政府选派来日本的人才，如果日本不教他像样的学问就让他回国，那对于清政府来说不就太丢脸了吗？我们这些朋友的责任也很重大。那家伙最近似乎把我当傻瓜，我试着给了他各种忠告，他都只是不出声地笑笑。我总觉得心里发毛。如果你和他说说，也许他会听。

干脆哪天狠狠教训他一顿怎么样？叫他‘醒醒吧’，再给他几拳，说不定他会痛改前非好好学习！”

我现在很后悔自己在这部手记的两三处用了嘲笑津田的笔触。仔细想想，我甚至觉得最爱周先生的不正是这位津田吗？终于要和周先生分别，于是在我的宿舍里开了小型的送别会。出席的都是自己人，有爱喝酒的木匠和他十岁的女儿，津田、矢岛两位干事，我以及主角周先生。大家站着，完成了至今想起来仍能笑不可支的会聚了“歌唱大天才”的罕见合唱：

敬仰深深师恩
校园已历多年
回忆可爱岁月
眼下即将道别
素日亲密之情
别后亦不相忘

唱着唱着，忽然背过身哭了的人却是津田。虽然他嘴里总在说大话，但对和周先生分别却比任何人都难过。在我和津田的交往中，因为能看到他好的一面，所以我也不再像从前那样害怕和讨厌城里人了。还有那个之前被人误会是土绅士的矢岛，之后我试着和他打交道后，发现他也是一个极端认真的人，就像周先生某天对仙台人所做的批评那样，仅仅是“因为感到东北雄藩的责任而变得顽固”。由于他拘泥于“仙台的面子”，所以与人初次见面时的寒暄由于生硬而显得妄自尊大。但如果我们不客气地戳破他，他就会突然腼腆起来，露出十分亲切的慷慨之处。我想他是为了掩饰内心的软弱才会那么狂妄地和人打招呼吧。我甚至觉得，他之所以会给周先生写那么不合适的信，绝非因为觉得中国人劣等而表示侮辱，相反那其实包含着他对中国俊才的敬畏之心。这种敬爱之情被生硬奇妙地倒错后，变成了不许侮辱仙台的对抗之心，于是才会写出那么糟糕的信。认真的人思前想后所写的信，字迹很容易就会变得潦草，文章也是蹩脚至极。简而言之，他是个认真的人。那个时候，看到周先生渐渐对学校的学习失去了热情，矢岛似乎还很在意是否是自己那封愚蠢的信成为周先生不学习的原因之一，于是就送给周先生一本《德语大辞典》，还帮他写作业。另外，在学校听课的时候总坐在周先生的旁边，像是在照顾他似的。可是，周先生还是没有顾及以藤野先生为首的大家的诚恳挽留，很快就离开了。

我想那差不多是在第二学年末的时候。雪融化了，榴之冈的垂樱开始盛开，校园里的山樱纠缠着褐色嫩叶，绽放出饱满的花朵。当我们正开始着手准备期末考试时，发生了所谓的“幻灯片事件”，周先生那令人怀念的身影忽然从我们周围消失了。正如我之前所说，周先生并不是因为看了那个幻灯片画面后立刻从医学转向文艺的，这个变化其实从很久以前就在循序渐进。但是不得不承认，那个“幻灯片事件”至少成了让周先生最终下定决心的借口，可说是周先生离开仙台的跳板。

第二学年，学校给我们加了细菌学的课程，为了讲解细菌的各种形状特征，讲师会在教室里播放幻灯片。当完成了讲课内容还有多余时间的时候，课上就会放一些风景、时事之类的画片让我们欣赏。比如，华严的瀑布、吉野山等，那些美丽的色彩至今仍然鲜明地留在我的记忆里。而时事片则有旅顺港封锁、水师营会见、奉天入城等，日俄战争的画面特别多。一出现那些场面，我们这些学生就会欢天喜地地拍手喝彩。那个学年末的一天，细菌学的课上照旧放了二〇三高地激战、三笠舰之类的画面，我们也闹腾着拍起手，这时，画面忽然变了，出现了一个中国人因为做俄国的军事密探而被问罪处刑的场景。听到老师的说明后，学生又鼓起掌来。这时，幽暗的教室一侧的门轻轻地开了，我认出了那个偷偷去了走廊的学生身影，我一个激灵，那是周先生。我觉得自己大概可以理解周先生的心情，觉得不能不管他，于是也跟着悄悄出了教室。但走廊里已经看不到周先生的身影了。授课时的校舍鸦雀无声。我从走廊的窗往校园望去，找到了周先生的身影。周先生正仰卧在山樱树下。我走到校园里，凑到周先生的身旁一瞧，他闭着眼，出乎我意料的是，他正在微笑。

“周先生。”我小声叫他，他蓦地坐起身来。

“我就知道你会跟来。不用担心。多亏了那张幻灯片，我终于下定决心了。我因为久违地看到我的同胞而再次打定了主意。我立刻就回国。看了那个，我没法再坐视不理了。我不懂那个当俄国军事密探的人的想法，不过，多半是被金钱收买了吧。但对我来说，比起叛徒，那些围在一起看热闹的民众的蠢样更让我受不了。那就是现在中国民众的表情。还是精神层面的问题。对现在的中国而言，重要的不是什么身体强健。那些看热闹的人不是个个都身体结实吗？我更加确信现在对他们来说，医学绝不是紧要的。要精神革新！要改善国民性！现在这个样子，中国将永远无法确立真正独立国家的尊严。倒清兴汉也好，立宪也好，都只是改变了政治口号而已，但东西的质地如果保持不变不就没有用吗？我因为离开了那些表情茫然的民众好久，就明确不了心里的目标，一直都在各种迷茫。但是今天，我明确了我的目标。看到那张幻灯片是好事。我马上弃医回国。”

我想我已经不应该再阻止他了，但嘴边还是滑出了一句：“那藤野先生……”

“啊，”周先生低下头，“是啊，我辜负了先生的期许，我很难受，可以说我在学校里磨蹭到今天就是因为这个。可是——”他抬起头，“可是，我已经停不下来了。看到那些同胞的表情，我已经再也不能左顾右盼。日本的忠义一元论不也是这样吗？是的，我终于领会到了那种哲学。回国之后，我首先要为了改变那些民众的精神而发起文艺运动。我的一生都将奉献于此。总之我先要回国，和故乡的弟弟商量后一起做文艺杂志，对了，杂志的名字，我今天，就是现在也已经定下！”

“什么名字？”

“《新生》。”

他说了这么一句后微笑了，他的笑容中再也找不到半丝周先生自称“奴隶的微笑”的卑屈影子。

老医师的手记就到此为止了。我自己（太宰）又附加了如下数行，仅供读者参考。

让全世界引以为荣的中国文豪鲁迅先生逝世于昭和十一年秋天，大约在此十年之前，也就是鲁迅先生四十六岁的昭和元年，他曾发表过题为《藤野先生》的小品文。选摘部分如下：

> （前略）到第二学年的终结，我便去寻藤野先生，告诉他我将不学医学，并且离开这仙台。他的脸色仿佛有些悲哀，似乎想说话，但竟没有说。
>
> “我想去学生物学，先生教给我的学问，也还有用的。”其实我并没有决意要学生物学，因为看得他有些凄然，便说了一个慰安他的谎话。
>
> “为医学而教的解剖学之类，怕于生物学也没有什么大帮助。”他叹息说。
>
> 将走的前几天，他叫我到他家里去，交给我一张照相，后面写着两个字道：“惜别”，还说希望将我的也送他。但我这时适值没有照相了；他便叮嘱我将来照了寄给他，并且时时通信告诉他此后的状况。
>
> 我离开仙台之后，就多年没有照过相，又因为状

况也无聊，说起来无非使他失望，便连信也怕敢写了。经过的年月一多，话更无从说起，所以虽然有时想写信，却又难以下笔，这样的一直到现在，竟没有寄过一封信和一张照片。从他那一面看起来，是一去之后，杳无消息了。

但不知怎地，我总还时时记起他，在我所认为的我的师之中，他是最使我感激，给我鼓励的一个。有时我常常想：他的对于我的热心的希望，不倦的教诲，小而言之，是为中国，就是希望中国有新的医学；大而言之，是为学术，就是希望新的医学传到中国去。他的性格，在我的眼里和心里是伟大的，虽然他的姓名并不为许多人所知道。

他所改正的讲义，我曾经订成三厚本，收藏着的，将作为永久的纪念。不幸七年前迁居的时候，中途毁坏了一口书箱，失去半箱书，恰巧这讲义也遗失在内了。责成运送局去找寻，寂无回信。只有他的照相至今还挂在我北京寓居的东墙上，书桌对面。每当夜间疲倦，正想偷懒时，仰面在灯光中瞥见他黑瘦的面貌，似乎正要说出抑扬顿挫的话来，便使我忽又良心发现，而且增加勇气了，于是点上一支烟，再继续写些为“正人君子”之流所深恶痛疾的文字。

后来当日本要出版鲁迅先生的选集，日本的编辑向先生征求选哪部作品好时，先生说自由选择就好，但《藤野先生》一定要收入集中。

后记

这篇《惜别》确实是应内阁情报局和日本文学报国会的委托而创作的小说。但是，即使没有来自这两方的委托，这也是我总有一天想要试着一写，并搜集材料、构思了很久的小说。搜集材料时，我的前辈小说家小田岳夫先生给了我诚恳的意见。小田先生与中国文学的关系可谓无人不知。没有小田先生的赞成和援手，笨拙的我无法下定决心着手创作这种耗费心力的小说。小田先生创作的《鲁迅传》是一本如春花般甜美的名著，虽然珠玉在前，我还是开始了这部小说的创作。我完全没有想到的是，就在动笔之前，竹内好先生也把他刚刚出版的如秋霜一般冷峻的名著《鲁迅》惠赠于我。我与竹内先生虽然未曾谋面，但曾拜读过竹内先生偶尔在杂志上发表的有关中国文学的论文，虽然自知狂妄，但也觉得他的文章很好，暗中觉得他前途大有可期。我甚至想过找哪天拜托小田先生介绍我跟竹内先生认识，但后来就听说竹内先生出征了。因此，竹内先生煞费苦心创作的名著也是在他出国期间出版的。大概是竹内先生出征前交代过："这本书出版后，请给太宰送一本。"因此，出版社也附上了写有"依著者所托，敬赠阁下一部"的送货单。仅凭这点，就已经是不可思议的恩宠了，未曾想那本书的跋中竟还记载着这位中国文学俊才似乎从前就对拙作颇为青睐的事实，不禁让我诚惶诚恐、面红耳赤，感奋于这奇缘，我才能如少年一般鼓足勇气，开始这项工作。

如您所阅，书完成了，但我是否报答了小田先生的鼎力相助，以及竹内先生来自远方的支持呢？我甚感担心。

另外，在着手这项工作的时候，我为了调查仙台医专的历史，请东京帝大的大野博士和东北帝大的广滨、加藤两位博士为我写了介绍信；为了了解仙台市的历史，承蒙仙台河北新报社的好意，我得以从头翻阅该社珍藏的贵重资料，这些都为我的工作起到莫大帮助。像我这样几乎无名的作家，能够得到这样的便利，当然是借助了内阁情报局和文学报国会的力量，但是，能够爽快地为我这种外表邋遢的一介穷书生写介绍信，让我自由地阅读秘藏的贵重资料，各位的深厚情谊我永远难忘。

最后，我无论如何都要说明，这部小说无非只是一个名叫太宰的日本作家凭着自己的责任感，自由书写而成。情报局和报国会都不曾对我的写作提出哪怕是一句啰唆的、限制的提醒。而且，在我完稿交至机关后，只字未改就通过了。也许是“朝野一心”吧，这不仅是我一个人的幸福。

逆行

蝴蝶

他不是老人，才刚过二十五岁，却又是个老人。普通人的一年，这位老人却能足足以快三倍的速度度过。他曾两次自杀未遂，其中一次是殉情。他曾三次被关入拘留所，因为思想上的罪。虽然他终究一篇小说都没能走红，却写过一百多部小说。但是，这些都不是这位老人认真去从事的事业。正所谓驰心旁骛。如今能让这位老人干瘪的胸膛咚咚作响，让他瘦削的脸颊泛起红光的有两件事：醉酒以及瞅着不同的女人无休无止地幻想。不对，是对这两件事的回想。干瘪的胸膛、瘦削的脸颊，这些都不是假的。老人是在这一天死的。老人漫长的人生中，有两件事是真的：出生、死亡。他到死之前都在撒谎。

此时老人正躺在病床上。他的病因玩乐而得。老人有着生活无虞的财产，却是不足以供其玩乐的财产。老人并不遗憾自己将死。勉强度日是老人无法理解的。

一般人在临终时，会盯着自己的两只手掌看，又或是怔怔地抬眼望着近亲的眼眸，但这位老人却基本闭着眼。他时而紧紧地合着眼，时而微微睁开，颤抖着眼睑，他就是这么安分地做着这些事。他说看到了蝴蝶。蓝蝴蝶、黑蝴蝶、白蝴蝶、黄蝴蝶、紫蝴蝶、水蓝蝴蝶，就在额前成群结队地飞舞。他说那是特意前来的。蝶影弥漫十里远。百万只蝴蝶扇动着翅膀，其声如白昼牛虻的鸣叫。它们是在混战吧。翅膀的鳞粉，断折的腿足、眼球、触角，以及长长的舌头纷纷撒落。

被问及想吃的东西请尽管吩咐。于是老人答曰红豆粥。老人从十八岁开始写小说之际，曾经写过临终的老人呢喃着想吃红豆粥的场景。

红豆粥做好了。在粥里撒上煮过的红豆再佐以盐来调味，是老人的家乡菜。老人闭着眼仰躺着，啜了两勺后便说够了。被问及还有其他的吗。他淡淡一笑，曰想玩。老人善良纯朴、年轻美丽的妻子在近亲列前红了脸，却没有妒忌。随后她握着勺子放声大哭。

盗贼

今年我已经确定留级，但仍要去考试，此乃徒劳努力之美。我因这种美而心动。今早我特意早起，穿上一年未碰的学生服，走过菊花纹章熠熠生辉的高大铁门——战战兢兢地走过。眼前是成排的银杏。右侧有十棵，左侧也有十棵，棵棵高大。树叶繁密时，这条路就会昏暗如地下通道，如今树上一片叶子都没有。走到林荫道的尽头，正面就是红色砖瓦砌成的大建筑。是礼堂。我只在入学典礼上才见识过一次内部的模样，印象里仿佛寺院。此刻我仰望礼堂塔上的电子钟，离考试还有十五分钟。我一边怜爱地望着侦探小说之父的铜像，一边走下右面的缓坡，进入庭园。这里以前是“猴子”[①]的庭园。池塘里有鲤鱼、红鲤鱼以及甲鱼。在五六年前还有一对鹤闲庭信步。即使是如今，草丛中也有蛇出没。大雁、野鸭等候鸟会在池塘边栖息。庭园实际不足二百坪，看着却广阔如千坪。这是因为杰出的造园之术。我在池畔的山白竹上坐下，背倚古老槲树的树根，

① 指丰臣秀吉。

双脚直直地伸向前方。隔着小径，排列着大大小小、高高低低的岩石，在其后便是宽广的池塘。阴天时，池面闪着白光，粼粼微波害羞地交错重叠。我把右腿轻轻地搁在左腿上，小声道：

“我是盗贼。”

大学生们在前面的小路上排成一列走过。接二连三、陆陆续续地走过。每一个都是让家乡自豪的孩子，是被选中的俊秀之才。每一个大学生都在读着笔记上相同的文章，每一个大学生都在努力地背诵。我从口袋中掏出烟，叼了一根在嘴上。我没有火柴。

“借个火。”

我挑了个俊美的男大学生搭话。那个身裹浅绿色外套的大学生停下脚步，视线却没有从笔记上离开。他把叼着的带金嘴儿的香烟给了我后，踱步离开了。大学里也有能与我匹敌的男人。我用那带金嘴儿的外国香烟点燃我的便宜烟后，慢慢地站起身，把带金嘴儿的香烟用力扔在地上，又扭着鞋底狠狠地踩扁了它。随后畅快地去了考场。

考场里已有逾百名大学生，他们全都往后面坐。他们担心坐在前面的座位上就没法自在地写下心中的答案。我表现出秀才风范，在最前排的座位上坐下，手指微颤地抽着烟。我既没有放在桌下可以查阅的笔记，也没有一个可以互相小声商量的朋友。

没多久，脸色泛红的教授拎着鼓鼓的包慌慌张张地跑进考场。这个男人是日本第一的法国文学家。今天是我第一次见到他。他身材壮实，我从他眉间的皱纹隐隐感到了威严。据说这男人的弟子里有日本第一的诗人和日本第一的评论家。日本第一的小说家，我想到了这个，脸上暗暗发烫。教授在黑板上龙飞凤舞地写题目时，我身后的大学生们窃窃私语的，大多是满洲的景气的话题，而不是学问。黑板上写着五六行法语。教授重重地在讲台旁的扶手椅上坐下，颇为不悦地甩出一句话：

“这种题目想要留级都不行。”

大学生们无力地低笑。我也笑了。教授随后嘟哝了两三句莫名其妙的法语，在讲台的桌面上开始写起了什么东西。

我不懂法语。我打算不论他出什么题目，我都写福楼拜很幼稚。我假装认真思考了一阵，时而轻轻地闭上眼，时而挠着短发下的头皮，时而盯着指甲的颜色看。然后，我拿起笔开始写：

福楼拜很幼稚，他的弟子莫泊桑则很成熟。艺术的美归根到底是对市民奉献的美。福楼拜不理解这悲哀的达观，莫泊桑却明白。福楼拜为了一雪自己的处女作《圣安东尼的诱惑》遭受不合理评价的耻辱而穷尽一生。他经历着所谓的刳磔之苦，每写完一作，不论世间评价如何，他所受屈辱的伤口都会越发地剧烈疼痛，他心里无法填满的空洞也渐渐扩大、加深，最终撒手人寰。受骗于杰作的幻影，迷惑、沉溺于永远的美，最终不要说是一个近亲，连自己都拯救不了。波德莱尔才是幼稚。以上。

我不会写诸如“先生，请让我及格”这种东西。我重读了两遍，没有发现错误，于是左手拿起外套和帽子，右手拿着那张答卷站起身。我身后的秀才因为我的起立而惊慌失措。我的后背正是这男人的防风林。啊，这个兔子般惹人怜爱的秀才的答卷上写着一个新晋作家的名字。我虽然可怜这个有名的新晋作家的狼狈样，但还是对那邋里邋遢的教授颇有深意地行了个礼，交出了我的答卷。我安静地走出考场后，几乎立刻滚落似的冲下台阶。

走到室外，年轻的盗贼悲从中来。这忧愁是何方神圣，竟不请而来。即便如此，我还是把外套披在肩上，大踏步地走在银杏树间的石子路上，只因腹中空空——我如是回答。二十九号教室的地下有大食堂。我往那里走去。

饥肠辘辘的大学生们的队伍仿佛长蛇一般从地下室的大食堂里排到入口，再蔓延到地面，队列的末尾已经到了银杏树下。在这里用十五钱就能吃到很有分量的午餐。队伍大约有一条街那么长。

——我是盗贼。稀世的乖戾之人。艺术家从不杀人。艺术家从不盗物。你们这些差劲的小乖乖。

我把大学生们逐个推开，终于到了食堂的入口处。入口处贴着张小纸条，上面写着这么几句话：

今日，诸位的食堂也诚惶诚恐地迎来了创业三周年纪念日。为表祝福之意，特奉上些许餐品。

那些免费的餐品就摆在入口处旁边的玻璃柜里。红色的大虾栖息在荷兰芹的叶下，切成两半的白煮蛋切面上，蓝色的寒天被花哨地画成了“寿”字。我试着朝食堂里张望，身着白色围裙的服务员少女们轻盈地穿梭在黑压压的、正在享用免费餐品的大学生之间。啊，天花板上是万国旗。

在大学地下芬芳的蓝色花朵是止痒的消毒剂。实在是遇上了好日子。一同庆祝吧，一同庆祝吧。

盗贼如落叶一般飘然退后，飞舞到地面，委身于长蛇的末尾，眼看着消失了身影。

决斗

这不是在模仿外国。不夸张地说，是因为打心底里想要杀死对方，然而动机并不深远。并不是因为有个男人和我一模一样，这世上不需要两个相同的东西，所以我们打心底里互相憎恨，也不是因为这男人和我的妻子以前有过纠缠，总是佯装自然主义对邻居们娓娓描述那两三次的事实。对方是我这晚才在咖啡馆遇上的身着狗皮马甲的年轻平民。我偷了他的酒。这就是动机。

我是北方城市近郊的高等学校的学生。我很贪玩，但在金钱方面却很小气。平时总抽朋友的烟，也不剪发，辛苦攒了五元，就一个人偷偷去城里一点儿也不剩地花光。一个晚上花的钱不能超过五元，也不能低于五元。而且我的那五元总是能花得最有成效。首先，我把自己攒的那一块块小硬币跟朋友换成五元纸币。几乎能割破手的崭新纸币令我的心跳越发加速。我看似随意地把纸币塞进口袋，然后就出发去城里。我活着就是为了这一个月一次或两次的外出。当时我正被不明来由的忧愁折磨。绝对的孤独和对一切的怀疑。这话若说出口则很令人作呕！比起尼采、曼·德·比朗，还有佐藤春夫，我觉得还是莫泊桑、梅里美以及森鸥外更货真价实。我在五元之游里倾注了我的生命。

就算去咖啡馆，我也绝不表现出很有兴致的样子。我会假装自己玩累了。如果是夏天，就说给我冰啤酒。冬天的话，就说给我热酒。我想让人以为我要喝酒都怪季节。我不情不愿地喝着酒，看也不看一眼美丽的女招待。任何咖啡馆里都会有那么一个缺乏魅力却肉欲纵横的中年女招待，而我只对这样的女招待搭话。主要是聊这一天的天气以及物价。我很会清点喝空的酒瓶数量，快得连神仙都注意不到。当桌上有了六个啤酒瓶，或是有了十只日本酒的酒壶时，我就好像突然想到什么似的唰地起身，低声说一句："结账。"不会超过五元。我故意把手伸进每一个口袋，假装忘记把钱放在了哪里。最后才发现是在裤子口袋里。我用右手伸进口袋磨蹭一阵，好像正在从五六张纸币里选。终于，我把一张纸币从口袋里抽了出来，假装确认那是十元纸币还是五元纸币后，交到了女招待手里。找零虽然少了些——我说着，却看也不看全给了女招待。然后我缩着肩膀，大踏步地走出咖啡馆，在到学校的寝室前，我都不会回头。从第二天起，我又开始攒一块一块的硬币。

决斗之夜，我去了名叫“向日葵”的咖啡馆。我披着深蓝色的长斗篷，戴着纯白的皮手套。一家咖啡馆我不会连续去两次。我害怕每次固定拿出五元纸币会引人怀疑。距离我上次来“向日葵”，已经隔了两个月。

那一阵一个外表和我有些相像的异国青年电影演员正崭露头角，所以我也渐渐开始吸引了女性的目光。当我在那家咖啡馆角落的椅子上坐下后，那里四个穿着各式和服的女招待全都站到了我的桌前。那时是冬天。我就说：“给我热酒。”然后假装很冷似的缩起脖子。与电影演员的相似带给了我直接利益。即使我没有说话，一个年轻的女招待也给了我一根烟。

“向日葵”又小又脏。东侧的墙上贴着一张海报，一个头发盘起的女子正疲惫地托着腮微笑，她的脸有一二尺长，露出的大牙齿约有胡桃一般大。海报的下方横向印着黑色的盔甲啤酒。而与之相对的西侧墙上则挂着一面一坪大的镜子。镜框上涂有金粉。北侧的入口处挂着毛呢帘子，红黑竖纹，脏兮兮的，在帘子上面的墙上，用图钉钉了一张西洋女性的照片，她正裸躺在草原的池沼畔大笑。南侧的墙上贴着一只纸气球。它就在我的头上方。这里不和谐得令人恼火。三张桌子、十把椅子。正中央有火炉，地上铺着木板。我知道在这家咖啡馆里无法平静。所幸这里的灯光很暗。

这一晚，我受到了异样的盛情款待。当我喝光了那个中年女招待为我倒的第一壶温热日本酒时，刚才给了我一根烟的年轻女招待突然把右手手掌伸到了我的鼻前。我不慌不忙地缓缓抬起脸，注视着那女招待小小眼眸的深处，她说:“给我算命吧。”我立刻明白了。即使我不言语，我的身体也散发着浓厚的预言家气息。我没有碰女子的手，只是看了眼，就轻声说:“你昨天失去了爱人。”说中了。异样的盛情款待就此开始。一个胖胖的女招待甚至称我为大师。我给大家看了手相。十九岁。属虎。因为喜欢的男人太过优秀而受到煎熬。喜欢玫瑰。你家里的狗生了狗崽，狗崽有六只。全部说中。那个瘦瘦的、眼神淡漠的中年女招待在被说中失去了两任丈夫后，眼看着耷拉下了脖子。这个不可思议的命中是让我最为兴奋的。酒壶已经空了六只。这时，身穿狗皮马甲的年轻平民在入口处出现。

平民在我旁边的桌旁把那毛皮的背朝着我坐下，说了声威士忌。那是张有着斑点花纹的狗毛皮。由于这个平民的出现，我桌前的欢快气氛就暂时冷了。我的心里阵阵抽痛，开始为已经喝空了六只酒壶而后悔。我想再醉一点。我想把今宵的欢喜夸大再夸大。只能再喝四壶。那样不够。不够。偷吧，偷了这威士忌。女招待们不会认为我是为了钱而偷，而是当成预言家风范的古怪玩笑而送上喝彩吧。而这个平民也会以为这是醉汉的恶作剧而露出苦笑吧。偷！我伸出手，拿起邻桌的威士忌酒杯一饮而尽。没有喝彩。突然鸦雀无声。平民转向我站起身。到外面去，他说着走向入口。我也嗤笑着跟在平民身后走了过去。经过嵌在金色镜框的镜子时，我飞快地看了一眼。我是大度的美男子。镜子的深处有一张一二尺长的笑脸。我的心情恢复了平静，带着自信啪地拨开毛呢帘子。

我们站在写有“THE HIMAWARI”（向日葵）黄色罗马字的方形檐灯下。四个女招待的四张白皙的脸出现在昏暗的门口。

我们开始了如下的争论。

——别太瞧不起人。

——没有瞧不起你，就开了个玩笑，算了好吗？

——我是平民，被开玩笑会发火。

我重新看了看平民的脸。小脸、平头、稀疏的眉毛、单眼皮、三白眼，皮肤还很黑。身高比我还着实矮了五寸。

我坚持想要搪塞过关。

——我就想尝尝威士忌，因为看起来很好喝。

——我也想喝。可惜了威士忌，就是这句话。

——你很坦白，很可爱。

——别出言不逊，你不就是个学生吗？还往自己的脸上贴金。

——然而我已经是个算卦先生了，是预言者哦，令人吃惊吧。

——别装醉了。趴下道歉。

——要理解我最重要的是勇气。这话很好吧。我是弗里德里希·尼采。

我焦急地等着女招待们来劝架。但她们全都冷着脸等着我挨揍。这时我被揍了。他的右拳从旁边突如其来，我飞快地缩起脖子，退了大约十八米远。而我那有着白色线条的帽子当了替身。我微笑着，故意慢慢地迈开步子去捡帽子。因为每天都是雨夹雪，道路很是泥泞。我蹲下身，盘算着一捡起那沾满了泥土的帽子就逃。这样就省下五元，再去别的地方喝。我跑了两三步，滑倒了，摔了个四脚朝天，就像是被踩扁的雨蛙。我对自己的落魄感到恼火。手套、上衣、裤子还有斗篷全都沾满了泥。我慢吞吞地爬起身，昂着头返回平民的方向。平民被女招待们围着保护了起来。没有一个人站我这边。这份确信唤醒了我的凶暴。

——我想向你道谢。

我冷笑着脱下手套扔开，连更昂贵的斗篷也一把扯下扔进了泥里。我对自己这颇有古风的台词以及动作感到些许满足。快有谁来阻止我。

平民也扭着身子脱下了狗皮马甲，交到给了我香烟的那个美丽女招待手里，然后一只手探进怀里。

——别做卑鄙事。

我摆好架势提醒他。

他从怀里摸出一根银笛。银笛璀璨地反射着檐灯的光。他把银笛交给了失去了两任丈夫的中年女招待。

平民的这番潇洒令我失去理智。这不是小说，我是真真正正地想要杀了这个平民。

——出来。

我吼着。飞起腿用力地把泥靴踢向平民的方向。踢翻他以后就挖了他那清澈的三白眼。但泥靴却徒劳地踢空了。我意识到自己的蠢样，悲从中来。微热的拳头命中了我的左眼连带大鼻子。我的眼中喷出了赤红的火焰。我看着那火焰，然后佯装趔趄。一个巴掌命中了我的右耳连带脸颊。

我双手撑在了泥里，猛地咬住平民的腿。他的腿很硬。那是路旁的白杨树干。我趴在泥里，这时才急着想要号啕大哭，可悲的是，我连一滴泪都哭不出来。

黑鬼

黑鬼进入牢笼。笼子大约一坪大小，漆黑的角落处摆着一张圆木凳。黑人坐在凳子上刺绣。在这么黑暗的地方要如何刺绣，少年如精明的绅士一般冷笑，鼻翼的两旁刻下了深深的皱纹。

日本马戏团带来了一只黑鬼，村里一片哗然。据说那个黑鬼吃人，长着赤红的角，全身长着花一样的斑点。少年完全不信这些，他觉得村里的人们也不可能是打心底里相信这些而传谣。一定因为平时过着没有梦想的生活，这个时候才会编出天花乱坠的传说，假装相信并沉醉。少年每次听到村里人说的这些粗制滥造的谎言，就会咬着牙捂起耳朵，飞奔回他的家。为什么这些人不聊些更重要的事呢？那黑鬼据说不是雌的吗？

马戏团的乐队在村里的狭窄小路上列队游行，不到六十秒的时间就在村里的每个角落都传遍了。一条笔直的道路大约只有三百米，两侧排列着茅草房。乐队到了村落尽头也没有停下脚步，他们反复演奏着《萤之光》列队走在油菜花田间。然后走进插秧正酣的水田，在狭窄的田间小道上排成一列前进。他们没有漏过村里的任何一个人，又走过浮桥穿过森林，甚至去了半里开外的邻村。

村落的东端有一所小学，小学再往东挨着牧场。牧场大约有百坪大，种满了白车轴草，两头牛和六头猪正在玩耍。马戏团在这个牧场里搭起了鼠灰色的帐篷小屋。牛和猪被转移到了牧场主的库房里。

夜晚，村里的人用布包住脸三三两两地进了帐篷。有六七十个客人。少年使劲推搡着大人们到了最前列。他把下巴搁在圆形舞台旁拉起的粗绳子上，一动不动。有时他会轻轻地闭上眼，假装入迷。

惊险的杂技节目开始了。桶、绳网、鞭子声、金花锦缎、干瘦的老马、松垮垮的喝彩以及煤石灯。大约二十只嘎斯灯被间隔不等地挂在小屋的各处，夜晚的昆虫们围绕在其周围舞动。或许是帐篷的布料不够，小屋的天花板大约开了十坪的天窗，可以望见星空。

两个男人推着黑鬼的牢笼走上舞台。笼子哗啦哗啦地滑上了舞台，似乎在其底部装有轮子。蒙着脸的客人们发出了怒号与掌声。少年无精打采地挑起眉，开始静静地观察笼子内部。

嘲笑的表情从少年的脸上消失了。黑鬼绣的是国旗。少年的心脏咚咚地发出轻跳声。这不是出于军队或是类似军队概念的原因。因为黑鬼没有欺骗少年。黑鬼真的在刺绣。因为国旗的刺绣简单，所以黑暗中也能摸索着完成。真是庆幸，这个黑鬼是个诚实的人。

过了一会儿，身着燕尾服、蓄着仁丹胡的太夫①向客人介绍了她的大致来历，然后对着笼子“凯洛莉、凯洛莉”地叫了两声，优雅地挥起右手的鞭子。鞭子的声音尖锐地刺入少年的胸膛。他对太夫感到嫉妒。黑鬼站了起来。

黑鬼在鞭子声的威胁下，缓缓表演了两三个把戏。那都是下流的表演。除了少年之外，其他的客人都不知道。她吃人吗？她长着赤红的角吗？这些才是他们关心的问题。

黑鬼的身上围着一件蓝色灯芯草的短蓑衣。她似乎涂过油，每一处都闪着光。最后，黑鬼唱了一段歌谣。伴奏是太夫的鞭子声。歌谣里就是“肥皂、肥皂”这样简单的词汇。少年很喜爱这歌谣的感觉。不论是多么笨拙的词汇，

---

① 太夫：马戏团里比较高级的艺人。

只要怀着感伤的心，就一定能够发出动人的回响。想到这一点，少年再次用力闭上眼。

这一晚，少年思念着黑鬼，弄脏了自己。

翌日早上，少年去上学。他翻过教室的窗，跳过后门的小河，朝着马戏团的帐篷跑去。他从帐篷的缝隙窥探昏暗的内部。马戏团的人像青虫似的随地睡在铺满了被褥的舞台上。学校的钟声响起。要开始上课了。少年没有动。黑鬼没有睡。他怎么找也找不到。学校变得寂静。已经开始上课了吧。第二课，亚历山大大帝和医生菲利普。从前在欧洲有个名叫亚历山大大帝的英雄。少女的朗读声清晰地传入耳中。少年没有动。少年相信，那个黑鬼只是个女人。她平时一定会从笼子里出来，和大家一起玩耍。就是一个会洗碗、会抽烟、会用日语生气的女人。少女的朗读声停下了，响起了教师嘶哑的声音。我认为信赖是美德。亚历山大大帝因为拥有这一美德而保住了性命。诸位。少年还是没有动。她不可能不在这里。笼子肯定应该是空的。少年挺直了肩膀。我在偷看的时候，黑鬼会偷偷来到我身后，紧紧抱住我的肩。所以背后也不能放松，必须把肩膀收得紧紧的，让她能抱住。黑鬼一定会把绣好的国旗送我。这个时候我不能示弱，要对她说：我是第几个了？

黑鬼没有出现。少年离开帐篷，用和服的袖子拭去窄额头上的汗，慢吞吞地返回学校。我发烧了。肺似乎不太好。他完全骗过了身穿袴和服、脚蹬高帮皮鞋的年迈男教师。坐到自己的座位后，少年还是假装咳嗽。

据村里人说，黑鬼还是被关在笼子里抬上了带篷马车，离开了这个村子。太夫为了防身，口袋里藏有手枪。

姥舍

就在那时。

“没关系，我会好好处理的。从一开始我就已经有这个觉悟了，真的就……”她小声嘟囔着，声音有些怪。

“那样不行。我知道你所谓的觉悟。你是打算一个人去死吧，要不然就是一个人自暴自弃，我想差不多就是这么回事。你有很好的父母，还有弟弟，我不可能明知道你有这种想法还看着你去这么做。”嘉七说着这些似乎很在理的话，突然也有了想死的心。

“去死吧，一起死。即使是上帝也会原谅我们的。”

两个人开始严肃地准备行装。

与错误之人有了亲密关系的妻子，以及颓废到逼妻子做出如此行径的丈夫，他们都想通过一死来彼此了结。那是早春时分的一天，她把那个月的十四五元生活费全都带上，此外还有两人所有的换洗衣物——嘉七的棉袍、和枝的一件夹衣以及两条腰带，就只剩这些了。和枝把它们用包袱包好捧在手里后，夫妇俩难得地并肩出了门。丈夫没有披斗篷，他身着久留米絣和服，头上戴着鸭舌帽，深蓝色的围巾围在脖子上，只有木屐还洁白如新。妻子也没有穿大衣，外褂跟和服都是同样箭形碎花的铭仙绸，过于大的淡红色外国制碎步披肩盖住了她的上半身。夫妇俩在快到当铺的地方分开了。

人们悄悄地在正午的荻洼车站进进出出。嘉七默默地站在车站前面抽着烟。和枝有些着慌地寻找嘉七，猛然认出嘉七的身影，几乎趔趄着跑到他身边。

“成功了，大成功！”她很兴奋，“他居然借给我十五元。真蠢。”

这个女人不会死。不能让她死。她没有像我这样被生活压垮。她还有力气生活。她不会死。她只是有过去死的企图。她向世间的申辩应该能成立。只要这样就好。她会被原谅的。这样就好。就我一个人去死吧。

“这可是大功一件。”嘉七微笑着夸她，想要轻拍她的肩膀，“这不就有三十元了吗？够一次小旅行了。”

两人买了去新宿的车票。在新宿下车后直奔药房，在那里买了一大盒安眠药，然后又去别家药店买了一盒其他种类的安眠药。因为嘉七让和枝等在店外，自己笑着去买药，所以药房的人并没有起疑。最后他们进入三越百货，来到药品部，因为店里人多，嘉七的胆子也大了些，他提出要买两大盒。有着一张鹅蛋脸、眸如点漆，看起来一本正经的女店员狐疑地皱起了眉，神情颇为不悦。嘉七也是一惊，连微笑都挤不出来了。药品被冷冷地交到他手中。她正踮着脚看着我们的背影。嘉七明白这一点，却故意紧贴着和枝与她走在人流中。尽管自己走得这般平坦，但在别人看来却总显得有些异样。嘉七感到难过。然后和枝在特卖场里买了双白袜，嘉七买了上等的外国烟后，两人离开三越百货，乘汽车去了浅草。走进电影院，里面正在上映电影《荒城之月》。最初的场景是乡下小学的屋顶和栅栏，还能听到小孩子的歌声。嘉七感动得直流泪。

“听说情侣们呢，”嘉七在黑暗中笑着对妻子说，“就是这样一边看电影，一边互相握着手的。”嘉七怜爱地用右手拉过和枝的左手，再把鸭舌帽盖在上面遮掩，他试着紧紧握住和枝的小手，但这个动作对于身处痛苦立场的夫妇之间，还是会有污秽的感觉。嘉七感到害怕，悄悄松开了手。和枝低声笑了。不是因为嘉七笨拙的玩笑，而是觉得电影里无聊的笑话很有趣。

这是个看着电影就能感到幸福的纯朴好女人。不能杀这个人。这样的人不应该死。

“要不不死了？”

“好呀，你随意。”她一边入神地看着电影，一边明明白白地回答，“我是打算一个人死的。”

嘉七感受到了女性的不可思议。走出电影院时，天色已黑。和枝提出想吃寿司。嘉七本来就不喜欢寿司的生腥味，而且今天晚上他想吃些昂贵的东西。

“寿司我不太行。”

“但是我想吃嘛。”让和枝领悟到任性这一美德的人正是嘉七——他指出假装顺从的嘴脸之龌龊，从而教会了她。

全都是自食其果。

他们在寿司店里喝了点酒，嘉七点了炸牡蛎。这就是我在东京最后的食物了，嘉七这么告诉自己，终究还是露出了苦笑。和枝正在吃铁火卷[①]。

“好吃吗？”

“难吃。”她由衷地表示厌恶后，又塞了一个到嘴里，“啊，

---

① 铁火卷：鲔鱼卷寿司。

真难吃。”

两人都没怎么说话。

出了寿司店，又走进漫才馆。漫才馆因为客满没座了。他们在入口处和多到人挤人的客人一起站着看，即使这样，他们也常常一起哈哈地发出笑声。和观众挤着挤着，和枝就被推到了距离嘉七五间[①]开外的地方。和枝的个子很小，千辛万苦才能从观众组成的人墙之间瞄到舞台。她看起来就像个土里土气的小女人。嘉七也被挤在人群中，他不时地踮起脚，不安地追寻着和枝的身影。他看和枝的时间比看舞台还多。和枝把黑色包袱紧紧地抱在胸前，药和行装一起被包在里面，她焦躁地转着脑袋想要看到舞台上的艺人，偶尔也会回头搜寻嘉七的身影。但即使撞上彼此的视线，两个人也没有微笑。他们看起来若无其事，但彼此感到安心。

那个女人照顾了我许多。我不会忘记。责任全都在我。如果世人要责难她，我无论如何都得庇护她。那个女人是个好人。我清楚这一点，也相信这一点。

那这次的事呢？啊，不行、不行。我没法笑过算过。我做不到。唯独那件事我没法不在乎。我受不了。

---

① 一间大约 1.8 米。

原谅我。这是我最后的自私。伦理上我能忍受。但感觉却无法容忍。我实在无法抑制。

欢笑声在馆内散开。嘉七对和枝使了个眼色后离开了。

“去水上[1]吧，好吗？”谷川温泉是从水上站徒步攀爬大约一小时才能到的山中温泉场，去年两人在那里度过了整整一个夏天。那实在是太过苦涩的一个夏天，但因为太过苦涩，如今却变成了色彩浓艳的美术明信片一般的甜美回忆。一片白茫茫骤雨中的山川，让人感觉可以悲伤地死去。听到水上，和枝整个人忽然来了精神。

“啊，那我先去买糖炒栗子。阿姨她一直说想吃。”和枝很黏那所旅馆老板的老妻，似乎也很受她宠。那间旅馆看起来很业余，客房也只有三间，没有室内浴池。要么去隔壁的大旅馆借澡堂，不然就得到下面的河流那里去泡川原的小露天澡堂，雨天得打伞，晚上还要提灯笼或是蜡烛。老夫妇二人相依为命，好像也没有孩子。即使这样那三间房间偶尔还是会住满，这时老夫妇就会忙得焦头烂额，和枝好像也会到厨房去帮忙，有时是帮倒忙。旅馆的膳食有腌鱼子和纳豆，不是旅馆该有的料理。但对嘉七来说这里

① 地名，位于群马县。

很舒服。那老妻有牙疼的毛病，嘉七看了不忍，就给了她阿司匹林，但因为太有效，她很快就打着盹儿睡着了。平常就很疼老妻的老板担心地走来走去，和枝看了哈哈大笑。有一次，嘉七独自低着头在旅馆附近的草丛里踱步绕圈时，不经意地看向旅馆的玄关，却见那老妻在昏暗的玄关楼梯下那间铺着地板的房间里，轻轻地往地上一坐，恍惚地望着嘉七的身影。那成了嘉七的一个珍贵的秘密。虽然说是老妻，但也就四十四五岁，是个很有福相、文雅大方的人。老板好像是养子。阿姨指的就是那个老妻。和枝去买了糖炒栗子，嘉七还让她多买一些。

上野站里有着故乡的气息，嘉七总是很害怕在这里有家乡的人。尤其是这个晚上，他们打扮得就好像放假时到处游荡的店里伙计和女佣，特别顾忌别人的眼光。在小卖店里，和枝买了风靡日本的侦探小说特刊，嘉七买了一小瓶威士忌，然后两人乘上了十点半驶往新潟的火车。

面对面在座位上坐下后，两人微微地笑了。

“你说我打扮成这样，阿姨会觉得怪吗？”

“没关系的。你就说我们两个去浅草看电影，回来的时候丈夫醉醺醺地吵着要去水上的阿姨那里，然后就直接过来了。”

“这样说好像也没错。”和枝若无其事地回答，接着她又开口，“阿姨会很吃惊吧？”看来只要火车不发车，她就没法镇定。

“她当然会高兴。”发车了。和枝的脸忽然变得僵硬，她怯生生地侧眼看着月台。这样一来就结束了。或许是有了胆子，和枝解开膝盖上的包袱拿出杂志翻阅。

嘉七双腿发酸，只有胸口咚咚跳得烦人，于是他像喝药一般直接用酒瓶喝起了威士忌。

如果有钱，我就不至于让这个女人去死了。对方那个男的，如果也是个更痛快的男人，或许情况就会不一样。看不下去。这个女人的自杀毫无意义。

“喂，我是个好人吗？”嘉七冷不防地开口，“我是不是只想自己当好人？”

因为他说得很响，和枝有些着慌，然后皱着眉头生气了。嘉七怯懦地谄笑。

“可是呢，”他滑稽地故意把声音压得很低，“你还不算很不幸。因为你是个普通女人。不好也不坏，本质就是个普通女人。但我不一样。我是个糟糕的家伙。算是普通以下。”

火车在黑暗中飞快地奔驰，经过赤羽，又经过大宫。借着威士忌的醉意，又受到火车速度的影响，嘉七开始口若悬河。

“就算是被老婆嫌弃，我也束手无策，我知道这样跟着老婆四处打转是有多不成体统。太愚蠢。但我不是好人。我不想当好人。我因为老实被女人骗，还没法彻底放弃她。我不是想要博取无谓的同情，被艺术方面的同伴说是单纯，或者被世人说我是个懦弱的好人才被女人拉着去死。我是输给了自己的痛苦才死的。并不是为了你死。我自己也有许多不对的地方。太依赖别人，太信任别人的能力。这件事，还有其他许多可耻的失败之处我都清楚。你是不是也有点明白，一直以来我是多么努力、千方百计地想过正常人的生活？我就靠着一根救命稻草活着。哪怕一点点重量都能弄断这根稻草。我是拼了命的。你也知道的吧。我并不懦弱，是痛苦太沉重了。这些是抱怨，是怨恨。但如果我不明明白白地说出口，其他人，不，就连你都会太过相信我的厚颜无耻而鄙视我——那个人整天说自己痛苦、痛苦，都是在演，装出来的！”

和枝似乎想要说什么。

“不，没关系。我不是在责备你。你是个好人。你总是那么纯朴。别人说什么你就信什么。我从没想过要责备你。我那些远比你有学问的多年好友也不知道我的痛苦，不相信我的爱情。这也难怪。总之，是我差劲。”他说着露出了微笑，和枝忽然满足了：

“我知道了。你不用再说了。被别人听到会出事的。”

“你还是什么都不明白。在你的眼里我就是个大傻瓜吧。我呢，现在虽然只想着自己做好人，但总觉得有些东西在心里搁着，很难受。和你在一起已经六七年了，你从来都没有……不，我没想要用这个来责备你。这也是没办法的事。不是你的责任。”

和枝没有在听，她默默地看起了杂志。嘉七的表情渐渐严肃，他对着黑暗的车窗外继续自言自语地说着。

“开什么玩笑。为什么我就要是好人。别人都是怎么说我的，骗子啦，懒货啦，自恋啦，浪费啦，玩弄女人啦，我还有许多其他可怕的恶名。但我一直都沉默。没有辩解过一句。我有我的信念。但那是不能说出口的。如果说出来就全部功亏一篑。我还是在思考所谓的历史性使命。只有我一个人幸福是活不下去的。我想着去做一个历史性的反派。犹大越是坏，基督温柔的光芒就越闪耀。我觉得自己就是要灭亡的人种。我的世界观就是这么告诉我的。我试着做一个强烈的反命题。我相信越是强调灭亡的东西的罪恶，此后所诞生的健康之光的弹簧也会越强烈地反弹。

我为此而祈祷。我自己怎么样都无所谓。我觉得如果在反证法中，只要我的角色能对之后所诞生的明朗稍有所贡献，那么我甚至可以去死。或许谁都会笑笑但不真正去做，实际上我就是这么想的。我就是这么个笨蛋。也许是我错了。也许我毕竟还是有些自大吧。但或许这正是甜美的梦想。人生不是演戏。我输了，反正就快死了，但至少你要好好的。这话或许是错的。舍弃一条生命做成的散发着尸臭的菜肴，连狗都不吃。说不定还对被施舍到的人造成困扰。如果我们不是共同荣华，或许就不具有意义。”车窗当然不会作答。

嘉七站起来，摇摇晃晃地朝着厕所的方向走去。进入厕所，小心地关上门后，嘉七稍有踌躇，然后双手合十。这是祈祷的动作，没有半分装样。

抵达水上站时，已经是早上四点。天色尚暗。两人一直担心的雪大致化了，只有在车站的角落还留着一些淡灰色的积雪。虽然他们觉得现在这样也可以步行去山上的谷川温泉，但嘉七还是慎重地叫醒了车站前的汽车司机。

汽车绕着形状如闪电般弯弯曲曲的道路往山上驶去，渐渐地他们发现山野上覆盖着的茫茫白雪几乎可以照亮昏暗的天空。

“好冷哦。没想到会这么冷。东京已经有人穿哔叽走在路上了。”和枝甚至向司机解释自己的穿着，“啊，在那里右转。”

距离旅馆越来越近，和枝也变得活跃，“他们一定还没醒。”接着又对司机说，“对对，再前面些。”

“好，Stop。”嘉七说，“接下来我们自己走。”前面的路很窄。

下车后，嘉七和和枝都脱下袜子，走了大约半丁[①]路到达旅馆。路面的雪已经在融化，勉强还积着薄薄的一层，把两人的木屐弄得湿透。嘉七正要敲门，走得稍慢的和枝赶紧跑来。

“让我敲，我来叫阿姨起床。”就像是在争功的孩子。

旅馆的老夫妇大为吃惊。可以说是静静地仓促了一阵。

嘉七直接就上了二楼，走进去年夏天住过的房间，扭开电灯开关。他听到和枝的说话声。

“因为他吵着要来阿姨这里嘛。所谓艺术家就是小孩吧。”和枝很兴奋，似乎没有察觉自己在说谎。然后再次提到了东京的哔叽。

老妻悄悄地上了二楼，她一边慢慢打开房间里的防雨

① 一丁约为 110 米。

拉门，一边说了一句：

“大老远的，辛苦了。”

外面已经有些亮了，纯白的山腰出现在眼前。嘉七往山涧瞧去，看见霭霭晨雾的底下有一条黑压压的小溪在流淌。

“真是冷得可怕。”这不是真话。尽管嘉七并没有觉得那么冷，还是说，“好想喝点酒。”

“你没事吧？”

“是啊，身体已经好多了。我胖了吧。”

这时，和枝自己搬了个大被炉过来。

“啊，好重。阿姨，这个是我借大叔的，大叔说我可以搬走。我冷得受不了了。”和枝瞧也不瞧嘉七，一个人异常地嚷嚷着。

待只有两人相处时，和枝忽然严肃了起来。

“我累了。我想去泡澡，然后再睡一会儿。”

“下面的露天温泉能去吗？”

“是的，似乎可以去。大叔说他们每天都去泡。”

旅馆老板穿上大大的藁沓[1]，把昨天才下的雪踩得踏踏实实地开出了一条路。嘉七和和枝跟在他身后，朝着微光

① 雪天穿的高筒草靴。

中的小溪往下。两人把衣服脱下后扔在了老板带来的席子上，然后把身体滑进温泉里。和枝的身体圆润丰腴，怎么看都无法想象这具胴体今晚就会死去。

待老板离开后，嘉七问：

“是那一带吗？”他用下巴比向流动着浓浓晨雾的白色山腰。

“但是雪很深，爬不上去吧？”

“再下游些比较好吧，水上站那边的雪也不是很多。”

他们在讨论去哪里死。

回到旅馆时，被子已经铺好了。和枝立刻钻进去看起了杂志。她被窝靠脚的地方放着大被炉，很暖和。嘉七掀开自己这边的被子，盘腿坐到了桌前，他一边挨着火盆一边喝酒。下酒菜是罐装蟹和干香菇，还有苹果。

“喂，要不多等一个晚上？”

“好的。”妻子一边看杂志一边回答，“我都可以。不过，钱可能会不够哦。”

“还剩多少？”嘉七嘴上问着，心中深感羞愧。

恋恋不舍。这是令人作呕的，是世上最没出息的事。这可不行。我之所以这么犹豫不决，莫非只是因为渴望这女人的身体？

嘉七不说话了。

就没有活下去，再次和她一起生活的想法吗？借钱，而且还是会伤感情的借钱，这要怎么做？污名，半疯狂的污名，这要怎么做？病痛，没有人相信的这讽刺的病痛，这又要怎么做？还有父母。

“哎，你还是输给我父母了吧，似乎就是这么回事。”

和枝的目光没有离开杂志，她飞快地回答：

“是啊，反正我就是你们家看不顺眼的媳妇。”

“不，话可不能这样说。你也确实有不够努力的地方。”

“不用说了，已经够了。”和枝抛开杂志，“你只会找借口，所以才惹人厌。”

“啊，这样啊，你是讨厌我的啊。真对不起你了。”嘉七的语气就好像醉汉。

为什么我不嫉妒呢？难道我真的是自恋吗？她不可能讨厌我。是我太相信这一点了吗？我甚至没有生气。都要怪那人太弱了吗？我这种感受事物的方式，莫非就是傲慢？若是这样，那我的想法就全都错了。我一直以来的生存方式全都错了。为什么我就没法去单纯地憎恨，去理解这是理所当然的事呢？这样的嫉妒不才是谦逊美好的吗？累积了四重的愤怒不才是高尚坦诚的吗？被妻子背叛，仅仅因为这样的打击就死去的模样不才是清纯悲愁的吗？但我是怎么了？什么恋恋不舍、什么好人、什么放不下、什么道德、什么借债、什么责任、什么受照顾、什么反命题、什么历史性义务、什么父母。啊，这样不行。

嘉七想要挥起棍子“啪”地敲烂自己的脑袋。

“睡一觉就出发了。坚决进行、坚决进行。”

嘉七噼里啪啦地拉过自己的被子后钻了进去。

因为已经醉得厉害，嘉七总算是睡着了。蒙眬中睁开眼时，中午刚过，嘉七没能忍住心中凄苦，他跳了起来，然后又立刻一边说着好冷好冷，一边对楼下的人点了酒。

“好了，已经要起床了。要出发了。”

和枝微微张着嘴正在沉睡，她猛地睁开眼：

“啊，已经这么晚了？”

“没，虽然才刚过中午，但我已经受不了了。”

嘉七不想再思考任何事了，他想快点死。

之后就过得很快。和枝说她想顺便逛一圈这一带的温泉，于是两个人出了旅馆。天空晴朗如洗，他们谢绝了司机，说想一边闲逛着欣赏途中的景色一边下山。走了大约一丁路后，他们一回头，却发现旅馆里那位老妻一直都追在他们身后。

“喂，阿姨来了。”嘉七不安地说。

“这个给你，”老妻红着脸把纸包递给嘉七，“这是丝绵的，是我们家里自己纺纱后做出来的。没有什么可以给你们。”

“谢谢。”嘉七说。

“哎呀，阿姨，让你这么费心。”和枝说。两人莫名地松了一口气。

嘉七赶紧迈起了步子。

“路上当心。”

“阿姨你也要保重。”她们还在身后寒暄。嘉七迅速折返。

“阿姨，握手。”

手被用力握住的老妻的脸上流露出害臊，甚至变得害怕。

“他醉着呢。”和枝在一旁解释。

醉了。他们笑眯眯地和老妻告别，顺着缓缓的山路往下，积雪渐渐薄了。嘉七开始小声地同和枝商量：那里好吗，这里好吗？和枝说离水上站近些的地方比较好，因为不会冷清。不一会儿，水上的街道在眼前悠悠地展开。

“已经不再犹豫了吧？”嘉七假装快活地问。

“嗯。”和枝认真地点了点头。

嘉七故意慢悠悠地走进路左侧的杉树林。和枝也跟着。雪几乎全都融化了。潮湿泥泞的落叶厚厚地积在地面。两人顾不得这些，毫不停滞地往前进。遇到陡坡就用爬的。死也是需要努力的。总算找到了可以让两人坐下的草原，那里有阳光微微照耀，还有泉水。

“就这里吧。”两个人都累了。

和枝把手帕铺在地上坐下，却被嘉七取笑。和枝几乎没有说话，把包袱里的药品一个接一个地取出后拆封。嘉七拿起那些药。

“药还是得靠我才能弄明白。让我看看，你吃这些就够了。”

“好少。只要这么些就能死了吗？”

“第一次吃的人只要这些就能死了。我因为经常吃，所以得吃你的十倍才行。要是没死的话，会惨不忍睹吧。”如果没死，那就是坐牢了。

然而我是想让和枝活下来，以达到我卑屈的报复吗？怎么可能，这种狗血通俗小说似的——嘉七甚至有些生气，他就着泉水咕嘟咕嘟地把满满一手心的药丸服了下去。和枝也动作生疏地一起服下。

两个人接吻后，躺倒在地上。

“那么，永别了。活下来的人要坚强地活下去哦。”

嘉七清楚只靠安眠药并不容易死。所以他安排了一个机关：悄悄地移动自己的身体到悬崖边，解下腰带系在脖子后，一端绑在了一棵似乎是桑树的树干上。在睡着的同时就会从悬崖边滑落，然后就会缢死。为此，嘉七很早就已经选定了这个悬崖上的草原。嘉七睡着了，他隐约意识到自己正在滑落。

好冷。他睁眼，一片漆黑。月光洒落。这里是？——嘉七吃惊地意识到：

我活下来了。

他伸手摸向喉咙，腰带还好好地系着。腰间很冷。自己正淹在水塘里。于是嘉七恍然大悟。他没有顺着悬崖垂直地坠落，他的身体翻滚着跌入了悬崖上的洼地里。涓涓涌出的泉水积在洼地里，嘉七感觉从自己的背到腰都仿佛冻至骨髓似的冰冷。

我活下来了。我没死成。这是严肃的事实。既然这样就不能让和枝死。啊，但愿还活着，但愿还活着。

嘉七手脚发软，连起身都不容易。他用尽浑身的力气再次起身，松开绑在树上的腰带，再从脖子上解下，盘腿坐在水塘里静静地打量了一圈周围。不见和枝的身影。

他到处爬着寻找和枝。他看到悬崖下有个黑色的物体，似乎有点像是小狗。他慢慢地爬下山崖，靠近一看，却是和枝。他试着抓住她的脚，冰凉冰凉的。她死了吗？嘉七轻轻地把自己的手掌贴在和枝的嘴上感受她的呼吸。没有呼吸了。笨蛋！她竟然死了。这个任性的家伙。他出离愤怒，粗鲁地抓住她的手腕把脉。他感到脉搏的微微跳动。她还活着，还活着。他把手伸进她的胸口，还是温热的。什么呀，这个笨蛋。竟然还活着。了不起，了不起。嘉七觉得她是那么可爱。那些药量怎么可能死。啊，啊。嘉七怀着些许幸福感，仰天躺倒在和枝的身旁，然后，他又一次不省人事。

第二次睁开眼时，身边的和枝鼾声大作。嘉七听着听着，甚至觉得害臊了。这家伙真结实。

“喂，和枝。振作点。你还活着。我们两个都活着。”嘉七一边苦笑，一边摇和枝的肩膀。

和枝安乐地酣睡着。深夜山上的杉树默默耸立，冰冷的半月挂在尖针一样的树梢上。不知怎的，嘉七流泪了。他开始抽抽搭搭地呜咽。我还只是个孩子。为什么一个孩子要过得这么辛苦？

突然，身旁的和枝叫出了声。

“阿姨，我好疼，胸口好疼。”笛声一般凄厉。

嘉七感到惊骇。她叫得这么大声，如果被从山脚路过的人听到，那可是吃不了兜着走。

“和枝，这里不是旅馆。阿姨不在这里。”

和枝不可能听明白。她一边喊着疼，一边痛苦地扭着身体。然后就咕噜咕噜地往下滚去。这道缓坡似乎是要把和枝的身体引向山脚下的街道，嘉七也强行自己的身体往下滚动，追在她身后。和枝被一棵杉树挡下，她缠在树干上，高声叫着。

“阿姨，好冷啊。带张被炉来啊。”

嘉七靠近她，月光下的和枝看起来已经没有人样了。她的头发散开，上面还沾满了杉树的枯叶，既像狮子精的头发，又像山中女妖的头发，乱成了一大蓬。

必须振作，至少我必须振作。嘉七摇摇晃晃地站起身，抱起和枝，努力想要回到杉树林的深处。往前摔，往上爬，再滑倒，再扶住树根，他扒拉着泥土，一点一点地把和枝的身体拖回森林深处。他就这么执着地努力了好几个小时。

啊，我受够了。这个女人对我来说太沉重了。她虽然是个好人，却是我应付不了的。我是个无能的人。难道我这一生都要因为她这么辛苦吗？不要。我受够了。分手吧。我已经尽了我最大的力了。

那个时候，嘉七明确地下定了决心。

这个女人不行。她只会无穷尽地依赖我。别人怎么说都好。我要和这个女人分手。

黎明渐近，天空将白。和枝也渐渐安分下来。霭霭晨雾弥漫在树丛间。

过得简单点，过得简单点。不要笑话“男子汉气概”这个词语的直白。人类除了质朴地生活以外，没有其他的生存方式。

和枝就睡在身旁，嘉七细心地把和枝头发上的杉树枯叶一片一片地取下。

我爱这个女人。爱得不知如何是好。这家伙是我苦恼的开端。但已经够了。我已经具备一边爱一边远离的坚强。为了活下去，连爱都必须牺牲。什么呀，这不是理所当然的事嘛。世人都是这样活着的。理所当然地活着。为了活下去，没有其他办法。我不是天才，也不是疯子。

和枝一直睡到了午后。在这期间，嘉七踉跄地脱下自己的湿衣服晾干，又去找了和枝的木屐，还把空药盒埋到土里，并用手帕擦去和枝衣服上的泥，以及许多其他事。

和枝醒来后，听嘉七说了昨晚发生的各种事。

“对不起。”和枝微微低下头。嘉七笑了。

虽然嘉七已经能行走了，但和枝还不行。两个人坐着商量了一会儿今后的事。钱还剩将近十元。虽然嘉七提议两个人一起回东京，但和枝却说她的衣服很脏，实在没法就这样去乘火车。最后他们决定让和枝先乘汽车回谷川温泉，向阿姨说些自己在旁边的温泉场散步时跌倒，弄脏了衣服之类不着边际的谎话，然后就在旅馆静养，等嘉七回东京带着换洗衣物和钱去接她。嘉七的衣服已经干了，所以就一个人离开杉树林去了水上的城镇。他买了仙贝、太妃糖和汽水，又回到山里来和和枝一起吃。和枝喝了一口汽水，又吐了出来。

两个人在一起直待到天黑，终于，和枝能够行走了。两个人悄悄地走出杉树林，和枝乘车到了谷川后，嘉七便自己乘火车回了东京。

之后，嘉七把事情一五一十地向和枝的叔叔坦白，把一切都拜托给他。不爱说话的叔叔说了句：

“太遗憾了。”

他似乎是真的很遗憾。

叔叔把和枝带回来接到了自己家。

“和枝那家伙就好像那旅馆夫妻的女儿，晚上睡觉时还把被子铺在老板和老板娘中间呼呼大睡。真是个怪家伙。”

叔父说着，缩着脖子笑了。此外他什么都没有说。

这个叔父是个好人。嘉七和和枝彻底分手以后，他还是会毫不顾忌地和嘉七喝酒游玩。尽管如此，他有时候还是会突然想起似的说：

“和枝也是可怜。”

嘉七每次都会因为心下难忍而困扰。

东京八景

伊豆南部是个除了有温泉涌出以外再无其他长处的无趣山村，住着大约三十户人家。这种地方住宿费应该也很便宜，仅仅出于这个理由，我选择了这个荒凉的山村。那是昭和十五年七月三日的事。那个时候在金钱方面我也稍稍宽裕了些。但对于今后，我还是感到一片黑暗。说不定我会完全写不出小说。如果我在两个月里都完全写不出小说，那么我就会身无分文。仔细想想，虽然这些许宽裕并不能令人安心，但对我而言，即使只有这么点宽裕，也是我这十年里的第一次。昭和五年的春天，我开始了在东京的生活。那个时候，我已经和 H 这个女人有了共同的家。在乡下的长兄每个月都会给我足够的钱，我们这两个愚蠢的人尽管互相告诫着不要浪费，但到了月末一定还得带着一两件物品去当铺。到了第六年，我和 H 终于分手了。留给我的只有被子、书桌、台灯、一只箱笼，以及一笔骇人的巨额欠债。之后过了两年，我在某个前辈的关照下，平平凡凡地相亲结婚了。又过了两年，我第一次得以喘息。我贫乏的创作集已经出版了将近十本。我开始发现即使对方没有约稿，但只要我拼命地写了送过去，三篇里还是能卖出两篇。今后就是无须谄媚的成人的工作。我只想把自己想写的东西写下去。

虽然是很不踏实、令人不安的宽裕，我却打心眼里感到欢喜。至少在一个月里，我可以不用担心钱的事，只写自己喜欢的东西。当时我对自己的境遇感到很不真实。在恍惚与不安交错的异样心绪下，我感到坐立难安，反而没法开始工作。

东京八景，是我一直都想有一天静下心好好去写的短篇。我想把我十年来的东京生活寄笔于当时的情景。我今年三十二岁。以日本的伦理观，这个年龄意味着已经步入中年阶段。自问我的肉体与热情，纵然悲伤，却也无法否认这一点。所以记好，你已经青春不再。长着一张三十岁男人的脸。东京八景，是我对青春的诀别之辞。我写它时不想讨好任何人。

那家伙越来越平庸了。这种不学无术的中伤随着微风悄然传入我的耳中。每一次，我都会在心中坚定地回答：正相反。我本就是平庸之人。你没有察觉吗？当我决心把文学作为一生的事业时，愚蠢的人反倒认定我不足为惧，而我只需暗暗微笑。演员的世界里有常青树，文学里则无。

东京八景。我觉得我应该趁现在这个时期把它写出来。现在既没有迫在眉睫的既定工作，又有一百元以上的宽裕。现在不是为恍惚与不安的复杂心绪叹息而在狭小的房间里白白打转的时候。我必须不停地往上爬。

我买了一张东京市的大地图，在东京站登上了驶往米原的火车。我可不是去玩的。我反复告诫自己，此行是为了尽全力打造出我人生重大的纪念碑。在热海换乘驶往伊东的火车后，又在伊东乘上了前往下田的巴士，巴士沿着伊东半岛的东海岸南下，颠簸了大约三个小时后，我在那个看起来住着大约三十户人家的破落山村下了车。我觉得在这一带住一晚大概不会超过三元。只有四家简陋得令人很难不心生犹豫的小旅馆排在一起。我选择了名为F的旅馆。四家旅馆中，这家让我觉得或许还相对好些。在被看起来刁钻、粗鄙的女服务员带着上到二楼进房间看了以后，我这个也老大不小的人竟然有点想哭。我想起了三年前在荻洼借住的出租屋。即使是在荻洼，那出租屋都算是条件最差的。但现在这间六叠大小的房间——紧挨着收纳被子的房间，却比那出租屋看起来更廉价、更寒酸。

“没有其他房间了吗？”

“是的，都满了。这间很凉快的哦。”

“是吗？”

我似乎被她小瞧了。大概要怪我穿的衣服不好。

“住宿分三元五十钱和四元。午餐另外收费。您要哪种？”

“请给我三元五十钱这一档。我想吃午餐的时候会说的。我来是想在这里学习，大概住十天。”

“请稍等。”女服务员下了楼，过了一会儿，她又回到房间，“那个，如果是长期住宿，需要事先收费。”

“是吗？那么要给你多少好呢？”

“说不好，随意即可。”她语焉不详。

“那我给你五十元吧。”

“啊……”

我把纸币摊在书桌上。我感觉受不了了。

“全都给你吧。这里有九十元。我只留点香烟钱。”

我在想为什么我会来这种地方。

“真不好意思，那我就收下了。”

女服务员离开了。不能生气。我有重要的工作。我强迫自己相信这样的待遇与如今自己的身份相符。我从手提箱最底下取出笔、墨水以及稿纸等。

时隔十年的宽裕就是这样的结果。但我告诉自己，这样的悲哀也是我命中注定，是最合理的。就这样忍耐着在这里开始了工作。

我不是来玩的。我是来这里尽我全力工作的。这一晚，我在昏暗的电灯下把东京市的大地图在书桌上铺满。

我时隔多少年才像这样把东京全图摊开了看？十年以前我刚开始在东京居住时，甚至不好意思买这个地图，不知犹豫了多少次，担心会被别人嘲笑自己是乡下人，终于下定了决心，故意用粗声粗气的自嘲口吻买了一份塞进怀里，踩着吊儿郎当的步伐回到出租屋。夜晚，我关紧房门，悄悄地打开了那张地图。红、绿、黄组成的美丽图案。我屏住呼吸看得入迷。隅田川、浅草、牛込、赤坂。啊，什么地方都有。只要我想去，就随时都能去。我甚至觉得自己见识到了奇迹。

如今，即使眺望着这形状宛如被蚕啃过的桑叶一般的东京市全貌，我也只会想到住在那里的人们各自生活的模样。络绎不绝的人群从日本全国涌来这没有情趣的空地，他们大汗淋漓，互相推搡，为争夺每一寸土地而时喜时忧，他们互相妒忌、反目，雌性招呼雄性，雄性却只是半狂乱地到处打转。我的胸口忽然异常唐突地、毫无前后关联地浮现起小说《埋木》里一行哀伤的文字：“所谓爱情，就是梦想着美好造孽。”这是和东京没有任何直接关系的句子。

户塚——一开始我就住在这里。排在我上面的哥哥在这里独自租了一栋房子学习雕刻。昭和五年，我从弘前的高中毕业后，便在东京帝大的法语文学系就读。虽然我对法语一窍不通，但还是想听法语文学的讲课，对辰野隆先生怀着懵懂的敬畏。我在离哥哥家大约三条街的新建出租屋里借了靠里的一间房间。即使是亲兄弟，如果住在同一屋檐下也会尴尬，这话我们彼此虽然没明确说出口，但心照不宣地顾忌到了这一点。所以我们虽然住在同一街区，却隔了三条街。之后过了三个月，哥哥就病逝了，得年二十七岁。哥哥死后，我还是住在户塚的出租屋里。从第二学期开始，我就几乎不去学校了。我坦然地给世人最恐惧的、见不得人的工作帮忙。而对自诩为那工作一大任务的文学则心怀鄙视。在那期间，我就是一个纯粹的政治家。那年秋天，从老家来了个女人，是我叫来的，她就是H。我和H相识于升入高中那年的初秋，之后要好了三年。她是个天真的艺伎。为了这个女人，我在本所区东驹形借了一间屋子，就在木工店的二楼。在那之前我和她从没有过肉体关系。长兄为了这个女人从故乡赶来。七年前丧父的兄弟就在户塚出租屋里那个昏暗的房间里见面了。面对弟弟像变了个人似的凶恶态度，哥哥流下了眼泪。我以绝对要与她结为夫妻为条件，把那个女人交给了哥哥。相比交出那女人的骄慢弟弟，想必还是接手此事的哥哥更为痛苦数倍。在把那女人交出去之前，我第一次睡了她。哥哥带着女人暂且回了乡下。女人始终态度暧昧。在收到一封语气生硬、毫无感情的“平安到家”的信之后，那女人便再无音讯。她似乎彻底安下了心。对此我愤愤不平。我觉得在我斗争得众叛亲离，甚至让母亲尝到了地狱一般的苦楚时，你却一个人凭着无知的自信而松懈，这实在是不像样。你应该每天都给我写信，可以喜欢我多点，再多点。但那女人不喜欢写信。我绝望了。我早出晚归，为帮忙那个工作而到处奔走。我不曾拒绝过别人请求的事，也渐渐看清了自己在这方面的能力有限。我陷入了双重绝望。银座后面的酒吧女喜欢上了我。谁都会有被喜欢上的时候。那是段堕落的时期。我叫上那女人一起投身于镰仓的海里。我认为破灭之时就是死亡之时。那忤逆神明的工作也快破灭了。因为不想被人说懦弱，所以我甚至会接下力不从心的工作。H只会考虑自己一个人的幸福。不是只有你才是女人。因为你不愿体会我的痛苦，才会遭到这样的报应。活该。对我来说最痛苦的就是众叛亲离。我自杀最直接的一个原因就是意识到母亲、哥哥以及阿姨因为我和H的事而大为震怒。女人死了，我活了下来。关于死去之人，我以前也写过数次，这是我一生的污点。我被关进了拘留所。经过审问后最终不予起诉。那是发生在昭和五年年末的事。哥哥们也开始温柔对待没死成的弟弟了。

长兄把H从艺伎的身份中解放出来，并在次月把她送到了我的身边。他是个恪守承诺的兄长。H一脸无辜地来了。我在五反田的岛津公共分售地的旁边租了租金三十元的屋子。H积极努力地工作。那时我二十三岁，H二十岁。

在五反田的时期是愚蠢的年代。我毫无志向，也丝毫没有再起步的希望。我靠讨好偶尔来访的朋友们度日。对于自己那丢人的前科别说是害臊了，甚至隐隐感到自豪。那实在是寡廉鲜耻的低能时期。我还是几乎不怎么去学校。我厌恶所有的努力，每天都游手好闲地瞅着H。我是个白痴，什么都不做。就这么拖拖拉拉的，我又开始给那个工作帮忙了。然而这一次，我却毫无热情。无业游民的空虚。这就是我在东京的一个角落里第一次拥有家时的模样。

到了那年夏天我搬去了神田同朋町。深秋时搬去了神田和泉町。到翌年初春时，又搬去了淀桥柏木。这些都不值一提。我以朱麟堂为号用心写着俳句，就像个老年人。因为给那个工作帮忙，我第二次进了拘留所。每次从拘留所出来，我都会听从朋友们的叮嘱搬去别的地方。我既不觉得感激，也没有厌恶。我的态度极其消极——如果这样对大家好，就这么做吧。我浑浑噩噩地和H在爱巢中一天一天地过着日子。H很快活。虽然她每天都要狠狠数落我两三次，但随后就会若无其事地开始英语的学习。我给她制订了课程表让她学习。她似乎记不住。英语学到了勉强能认罗马字以后就不知不觉地停了。她写信还是蹩脚。她不想写信。信都是我给她打的草稿。她似乎喜欢做大姐头。即使我被警察带走，她也不曾太过慌乱。甚至还有过把那思想理解成侠义之道的愉快日子。同朋町、和泉町、柏木，我二十四岁了。

那年晚春，我又得搬家了。眼看着又要被警察叫去，我就逃了。这次的问题稍微有点复杂。我对老家的长兄瞎扯了一通，让他把两个月的生活费一起寄给我，我拿着那些钱搬出了柏木。家里的东西分别给了各个朋友保管，只带着随身物品搬去了日本桥八丁堀的木材店二楼，那是间八叠大的屋子。我摇身一变成为出生于北海道的落合一雄。因为实在不安，所以花钱也很当心。我用天无绝人之路的无谓信念来掩饰自己的不安。对于明天我毫无打算。我什么都做不了。偶尔我会去学校，在礼堂前的草地上默默地躺好几个小时。有一天，我被一个毕业于同一所高中的经济学部学生告知了一些令人厌憎的事。我感觉像是吃了苍蝇。我不想相信，反而怪罪起那个告知我此事的学生。我想只要去问 H 就知道了，就连忙回了八丁堀木材店的二楼，却怎么都说不出口。那是初夏的午后，西面的太阳晒进房间，很热。我让 H 去买一瓶 ORAGA 啤酒。当时 ORAGA 啤酒要二十五钱。我喝了那瓶之后说再要一瓶，然后就被 H 训了一通。被训之后我也来了脾气，努力装着若无其事的样子把今天从学生那里听来的事告诉了 H。H 用家乡话骂了句扯淡，看似生气地皱起了眉。然后她就安静地做着针线活，她看起来一清二白。我相信了 H。

这一晚我读了本坏东西。卢梭的《忏悔录》。我对卢梭终究还是为妻子以前的事而饱受艰苦的部分耿耿于怀，继而无法忍耐。我没法相信 H 了。这一晚，我终于还是让她坦白了一切。从学生那里听来的事全是真的，而且更为恶劣。我甚至觉得越是逼问就越没个底，于是在中途停下了。

但在这方面，我没有资格责备他人。镰仓的事要怎么算。但那一晚，我还是气得心里直翻腾。我这才意识到直到那天之前，我都把H当成捧在手心里的宝贝，以她为傲。我是为了她而活。我一直以为我救她时她还纯洁如玉。我勇士一样单纯地对她所言全盘认可。对朋友们我也都自豪地讲述着H就是这么性情刚毅，在来我这里之前都守身如玉。我找不出是该说贺喜还是别的什么话。我是个蠢货。我不懂女人。但我完全没法对H的欺瞒生气。我甚至觉得如实坦白的H惹人怜爱，想要摸摸她的背。我只是感到遗憾，觉得不乐意。我想用棍棒把自己生活的模样打得粉碎。总而言之，我感到无法承受。于是我去自首了。

检察官的审讯告一段落后，又没死成的我再次步行于东京街头。我能回去的地方只有H的房间。我急急忙忙地去了H那里。那是寂寥的再会。我们彼此低声下气地笑着，无力地握手。从八丁堀搬离后，又去了芝区白金三光町。我们租了一座空着的大房子的别栋房间住下。故乡的哥哥们虽然无语，但还是不作声地给我寄钱。H好像没事发生似的恢复了精神，但我还是逐渐从愚蠢中清醒了。我开始写遗书，写了上百页的“回忆录”。如今这“回忆录”成了我的处女作。我想毫不粉饰地把自己从幼时开始的作恶(“幼时”在原稿中写为“幼儿”）写下来。那是二十四岁那年秋天的事。我坐在别栋的房间里，眺望着杂草丛生的开阔废园，脸上失去了笑容。我再次打算去死。若要说我做作，我确实是做作，还自以为是。我终究是把人生当成了戏。不，是把戏当成了人生。如今我对谁都没用。连唯一的H也沾着他人的污迹。找不到任何要活下去的意义。我下定了决心，我要作为一个愚蠢的、灭亡的民众去死。我想要忠实地演好时代的浪潮分配给我的角色。一个注定要输给他人的悲惨卑屈的角色。

然而人生并不是戏。谁都不知道第二幕会如何。还有作为“毁灭”的角色登场却直到最后都没有退场的男人。我本想写一封小小的遗书，为我的幼年以及少年时代告白，写下曾经有过一个那么龌龊的孩子。但那遗书反而成了我的惦念，点燃了我虚无幽暗的生命烛火。我没能去死。我开始对只有一篇“回忆”不满。既然已经写到了这份上，我就想全部写下来。我想把我迄今为止全部的生活一吐为快。那件事想写，这件事也想写。想写下来的事有许多。我先写了镰仓的事件，但是不行，总会有疏漏。然后我又写了一篇，还是不满意。我叹了口气，又开始写下一篇。我没法画上句号，只是连续地写着逗号。那恶魔永远都在召唤我前去，我几乎要被其吞噬。是我螳臂当车。

昭和八年，我二十五岁了。我必须在这年的三月从大学毕业。但别说毕业了，我连考试都没去。故乡的哥哥们不知道这些。他们似乎在暗暗期待我会是个诚实的人，会因为自己犯下那么多蠢事而心有歉意，至少会毕业给他们看。但我彻底地辜负了他们。我没想要毕业。欺骗自己信赖的人就像是几欲疯狂的地狱。之后的两年里，我就坐困在那地狱之中。来年我一定毕业。还请再给我一年时间。我对着长兄哭诉请求，然后再辜负。那年是如此。翌年还是如此。在将死的深刻反省、自嘲与恐怖中，始终没有死去的我只是自顾自地沉迷在号称遗书的一系列作品里。如果能写成这个的话。或许这玩意儿无非只是幼稚的感伤。但我却为这些感伤拼了命。我把写完的三四篇作品藏在大纸袋里收好。渐渐地，作品的数量多了起来。我在那纸袋上用毛笔写了“晚年”两个字。这是我打算给这一系列遗书取的标题。意思就是这样就都结束了。因为有人买下了那栋有着草坪的空房子，我们不得不在这一年的早春搬离那里。我们在杉并区天沼三丁目的熟人家租了一间屋子。那人在报社工作，是个优秀的市民。之后的两年里我们住在一起，也确实让他操了不少心。我越发没了毕业的意思，只是异常地沉迷于要完成那部著作集。因为我怕被人数落，于是对那个熟人也好，甚至是对H，我都搪塞着撒谎说来年能毕业。每个星期我都会像模像样地换上制服去一次学校。在学校的图书馆里，我或者随意地借各种书乱读一通后打个盹儿，或者又是给作品打底稿，傍晚时才离开图书馆回天沼。H和那熟人一点都没怀疑我。虽然表面上我看起来完全没事，但心里在暗暗着慌。我每时每刻都感到焦躁。我想在故乡还没断我生活费之前写完。然而，这实在是很辛苦。我写了又撕，连同骨髓一起都被那恶魔吃干抹尽。

一年过去了。我没有毕业。哥哥们大发雷霆，而我也照例哭诉，干脆地撒谎说来年一定毕业。除此以外，我没有能求他们寄钱的理由。我没法对任何人说出真实情况。我不想让人成为共犯。我想独自成为一个彻头彻尾的浪子。我相信这样一来，周围人的立场也能明明白白，不会发生任何被我牵连的事。为了写遗书请再给我一年时间这种不着边际的话是没法说出口的。我最不愿意被人当成自以为是的诗情梦想家。如果我说出这种不现实的事，即使是哥哥们想给我寄钱也不得不停止了。如果知道了实情还给我寄钱，那么以后哥哥们就会被世人当成我的共犯。我不要这样。我必须成为一个奸佞狡诈的弟弟去欺骗哥哥们到底，虽然这话就像是无理搅三分的小偷一样，但我就是这么严肃地思考过的。我还是每周穿着制服去一次学校。H和那报社的熟人也都深信着我来年能毕业。我已经被逼得走投无路。每一天都是一片黑暗。我不是坏人！欺骗他人就好像是地狱。不久后，我搬去了天沼一丁目。因为三丁目不方便上班，熟人在那年的春天搬家去了一丁目市场的后面，就在荻洼站附近。我们也被邀请一起搬去，租下了那栋楼的二楼房间。我每晚都睡不着。喝着廉价的酒，动不动就咳痰。虽然我觉得我可能是病了，但没工夫去看。我想快点把那纸袋中的作品集弄好。虽然这大概是我自说自话、自以为是的想法，但我想留下它作为我对大家的赔罪。这是尽我所能去做的事。那一年的晚秋，我总算是写完了。在二十多篇中，我只挑出了十四篇，其他的作品就和写坏的原稿一起烧掉了，足有满满一箱笼的量。我把它们拿到院子里，烧得干干净净。

“哎，你为什么要烧？”那一晚，H忽然说。

“因为用不到了。”我微笑着回答。

“你为什么要烧？”H重复着相同的话，哭了。

我开始整理身边的物事，把问别人借来的书籍一一归还，信件以及笔记卖给了收破烂的。我还把两封别的信件悄悄放进了写着“晚年”的纸袋里。一切似乎都准备好了。每晚我都出门喝廉价的酒。我害怕面对H。那个时候，有个学友和我商量要不要出同人杂志。我半敷衍地回答，如果取名叫《青花》就加入。结果玩笑成了真。各方都有人自称同志。我迅速和其中二人打得火热。我所谓的青春最后的热情也就此被点燃。这是死亡前夜的乱舞。我们一起醉酒，殴打低能的学生们。我们狂热地爱上了堕落的女人们。H的柜子在H不知觉间空了。纯文艺册子《青花》在这一年的十二月完成。但只出了一本以后，伙伴们就四散而去。他们诧异于毫无目的的异样狂热。之后就只剩我们三人，人称三笨蛋。但这两人却成了我一生的朋友。我在那二人身上受教匪浅。

接下去的那年三月，又快到了毕业的季节。我接受了某家报社的入职考试。我想让住一起的熟人还有H都以为我正因为毕业将近而忙碌。我说我要成为报社记者过一辈子平凡的生活，这话让大家都开怀而笑。虽然事情总会暴露，但我想维持多一天哪怕是多一秒的平和，我生怕让人惊愕，所以拼命撒谎以自圆其说。我总是这样。然后就被逼得走投无路，开始考虑寻死。明明最终都是会暴露，也只会令人加倍震惊激怒，但我怎么都无法把这令人心寒的现实说出口。再过一会儿、再过一会儿，是我自己让自己在这虚伪的地狱中越陷越深。我根本没打算去报社，也不可能通过考试。完美的欺瞒大戏眼看就要破局。我觉得是时候去死了。三月中旬，我独自去了镰仓。那是在昭和十年，我企图在镰仓的山里自缢。

那已经是自因在镰仓跳海引起骚动的第五年。因为我会游泳，所以不容易在海里死。我选择了以前听说的确实能成功的缢死。然而我再次难堪地失败了。我恢复了呼吸。或许我的脖子比一般人粗。我红肿着脖子恍恍惚惚地回到了位于天沼的家。

我想要自己决定自己的命运却失败了。我摇摇晃晃地回到家，陌生而不可思议的世界大门打开了。H在玄关轻轻抚摩着我的背脊。其他人都安慰着我，说还好、还好。我因人生的温柔而发愣。长兄也从老家赶了过来。虽然被长兄劈头盖脸地骂了一通，但我对这个哥哥无比怀念、仰慕。可以说，有生以来我第一次体会到这种不可思议的感情。

出乎意料的命运很快又继续展开。过了几天，我突然剧烈腹痛。我一夜没睡地忍耐，用汤婆子温暖腹部。我意识渐渐模糊，于是叫来了医生。我在被褥中被直接抬上担架送去了阿佐佐谷的外科医院。又立刻动了手术。是阑尾炎。

但我不仅是就医晚了，更错用汤婆子温暖腹部从而导致腹膜流脓，这使得手术变得很困难。手术后第二天，我不停地咳出血块。之前胸部的病情突然显著恶化。我奄奄一息。尽管连医生也干脆地放弃了我，罪孽深重的我却一点一点地恢复了。过了一个月我腹部的伤口先行愈合，却作为传染病患者被转去了世田谷区经堂的内科医院。H始终跟在我的身边。她笑着告诉我医生告诫她不可以接吻。那个医院的院长是长兄的朋友。所以我很受照顾。我们借了两间宽敞的病房住在了医院里，还把家什细软也都搬了进去。五月、六月、七月，差不多到了花脚蚊子肆虐、医院里挂起白色蚊帐的时节，我在院长的指示下，转去了千叶县船桥町。那里位于海岸。我们在近郊租了新建的房子住下。虽然来这里是为了异地疗养，但在这里也因我而一团糟。地狱般的大骚乱开始了。从在阿佐佐谷的外科医院的时候我就染上了可怕的恶习。我开始使用麻醉剂。起初是医生为了减少我这个患者的痛苦，早晚换纱布时会用到麻醉剂，但没多久，离了那药物我就睡不着了。我因为失眠的痛苦而极度脆弱。于是我每晚都求医生。这里的医生已经放弃了我，所以总是会温柔地满足我的请求。转到内科医院后，我也会执拗地去求院长。院长差不多是求三次勉强答应一次。我求医生开药，这已经不是为了肉体而是为了消除自己的惭愧和焦躁了。我无力承受寂寞。搬去船桥后我就去镇上的医院诉说自己的失眠和上瘾症状，强行索要那药物。之后，我又逼着那软弱的小镇医生开了证明，直接去镇上的药房买药。回过神时，我已经成了凄惨的瘾君子。没多久，我就开始为金钱犯愁。那个时候，长兄每个月会给我九十元的生活费。但除此以外的临时花费，长兄定然会拒绝。这是理所当然的。我从来就没有做过一丝想要回报兄长之爱的努力。我只是任性地反复折腾自己的生命。自那年秋天以来，偶尔会出现在东京的我俨然是邋遢的半疯子。那个时期我的种种不堪模样，我清楚，大家也都清楚。我无法忘记。我成了日本第一的顽劣青年。我会为了借十元、二十元去东京，在杂志社的编辑面前泣不成声，还因为太过缠人而被编辑痛斥。那个时候，我的原稿也有了些许变为金钱的可能。我躺在阿佐佐谷的医院以及经堂的医院时，靠着朋友们的奔走，我那只纸袋里的“遗书”有两三篇被有名的杂志刊登。从而引起的不论是恶评还是支持的话语对我而言都太过强烈，我因为狼狈不安而狂乱，对药物的依赖也越发加剧，因为过于痛苦，我还厚着脸皮去杂志社和编辑以及社长面谈，求他们给我预支稿费。我太沉溺于自己的苦恼，自然注意不到其他人也在拼命努力生活这么一个理所当然的事实。那个纸袋里的作品也被我一篇不剩地卖完了。我已经没有任何东西可卖，也没法立刻写出作品。我的题材已经枯竭，什么都写不出了。那个时候的文坛评价我“有才无德”，但我自己却相信我是“纵然有德也无才”。我没有所谓的文采。除了全身心直面以外，我不懂其他方法。我就是个认死理的，执拗于一宿一餐之恩的刻板道德，是因为无法忍受反而就自暴自弃、寡廉鲜耻的那种人。我出身于严厉保守的家庭。负债是最大的罪恶。人为了摆脱负债就会欠下更多的债。对药品的上瘾也是为了消除对欠债的惭愧，从而使得自己越发深陷。在药店的支出越来越多。我还曾经在大白天的银座一边啜泣一边行走。我要钱。我从将近二十个人那里抢也似的借了钱。我不能死。我想在还了这些债以后再死得干干净净。

我已经不再被人理睬。自移居船桥已经过了一年，昭和十一年的秋天，我被塞上汽车送去了东京板桥区的某家医院。睡了一夜醒来时，正身处脑科医院的病房里。

在那里过了一个月，一个秋高气爽的午后，我终于被允许出院。我和来接我的 H 一起上了车。

时隔一个月的相逢，我们却都沉默着。车开了一会儿，

H开口了。

“药已经戒了吧？”那是生气的语气。

“我今后什么都不信了。”我说出在医院学会的唯一一件事。

“是吗？”现实的H似乎把我说的话往金钱方面的意思理解了，她深深地点了点头，“人是靠不住的。”

“我也不相信你了。”

H的表情有些尴尬。

在船桥的房子已经在我住院时废止。H搬进了杉并区天沼三丁目的一间公寓。我在那里安顿下来。我收到了来自两家杂志社的约稿。从出院的那个晚上我就开始了写作。我写了两篇小说，然后攥着稿费去热海毫无节制地喝了一个月的酒。我不知道今后要如何是好。三年里，长兄每个月都会给我生活费，但入院前的累累负债还是一如从前。虽然我也计划过在热海写出很好的小说，再用它换来的钱去偿还眼下我最为惦念的欠债。但别说写小说了，我无法忍受周遭的荒凉，只是一个劲儿地喝酒。我深切地认识到自己是个没用的男人。在热海，我的欠债反而增加了。不论做什么都不行。我输得一败涂地。

我回到天沼的公寓，放弃了一切指望的肮脏肉体躺倒在地。我就快二十九岁了。却一无所有。我有一件棉和服，H也有，就这么一件。我想这就是生活的最底层了吧。我们靠着长兄每个月寄来的补贴苟且偷生。

然而，这还不是最底层。这一年的早春，某个西洋画画家来找我谈了一件出乎我意料的事。他是我很要好的朋友，听到他所说的，我感觉就要窒息了。H已经犯下了可悲的错。我回忆起从那个不吉利的医院出来时，H在车里因为我不着边际的信口开河而慌乱的模样。虽然我让H很是操劳，但我是抱着这辈子都和H共同生活的打算。因为我对爱情表现笨拙，所以H和西洋画画家都没有察觉到这一点。即使他找我谈，我也束手无策。我不想伤害任何人。三个人当中，我最年长。我想过至少我应该冷静地做出有担当的指示，但我却因为这太过意外的事而失了神志，狼狈不堪，坐立不安，反而被H他们鄙视。我什么都没做到。而那个西洋画画家也在那期间一逃了之。我即使身处痛苦，还是觉得H很可怜。H似乎已经打算寻死了。在无法承受之际，我也想到了寻死。两个人一起死吧。即使是上帝也会宽恕我们的。我们就像是感情和睦的兄妹一般出发旅行，去了水上温泉。那一晚，我们两人在山里自杀。我想过不能让H死，并为此做出了努力。H活下来了。我也精彩地失败了。我们服了药。

我们终究分手了。我没有勇气继续留住H。也可以说是我抛弃了她。我试着用人道主义来虚张声势、假装忍耐，但还是觉得已经明明白白看到了此后的每一天都会是丑恶的地狱。H独自回到了乡下母亲的身边。我没有听说过西洋画画家的消息。我独自留在公寓里开始了自己做饭的生活，学会了喝烧酒。牙也有了缺损。我变得面目可憎，搬去了公寓附近的出租屋。那是条件最差的出租屋。我觉得那才与自己相符。若在这里最后看一眼世间——我站在门边却见月光盈盈，荒野纵横，松树矗立。我经常会在四叠半的出租屋里独自饮酒到醉，然后走出出租屋靠在门柱上，低声哼唱着不成调的小曲。除了两三个不忍离去的好友以外，谁都不搭理我。连我也渐渐明白了我被世间如何看待。我是个无知骄慢的无赖，还是个白痴，还是个下等狡猾的色坯，伪装的天才诈骗师，过着穷奢极欲的日子，没钱了就假装要自杀来威胁家乡的亲人们。把贤良淑德的妻子当成猫狗似的虐待，最后还赶走了她。此外，还有各种传言以供世人嘲笑、憎厌、愤怒。我已经被彻底埋葬，被当作废人相待。我意识到了这些，连出租屋的门都不愿踏出一步。没有酒的夜晚，我就嚼着咸仙贝看侦探小说，悄悄地乐呵。

杂志社和报社都没有约稿，我什么都不想写了。我写不出。然而，虽然没有任何人来催我还那笔生病时期的欠债，但我却连在睡梦中都深受其苦。我已经三十岁了。

是什么导致了转折呢？我认识到我必须活下去。是老家的家庭给了我这理所当然的力量吗？长兄当选了议员，随后立刻因违规选举被起诉。我一直敬畏长兄的严谨人格，一定是他的身边有小人作祟。姐姐死了。外甥死了。堂弟死了。这些都是我从坊间传闻中听说的。我很早就和故乡的人断了所有音信。故乡接二连三的不幸渐渐地支起了我躺卧着的上半身。我曾经耻于家世显赫。因有钱人家少爷的头衔而破罐破摔。受之有愧的恐惧使我从小就自卑、厌世。我相信有钱人家的孩子必须得像有钱人家的孩子那样堕入地狱。逃跑是懦弱。我努力想要作为一个恶业之子有担当地死去。但一夜之间我突然意识到，我哪里是什么有钱人家的孩子，我是个连能穿出门的和服都没有的贱民。从故乡寄来的补贴应该也会在今年断掉。户籍早已经分开。而且生我养我的老家此刻也在不幸的深渊。我已经不再拥有天生必须对人畏首畏尾的特权。反而要倒着来。除此以外还有一点，当我在这出租屋的单间里甚至失去了寻死气概的卧床期间，我的身体神奇地迅速恢复了强健，这个事实也是一个重大原因。另外，还能举出种种诸如年龄、战争、历史观的动摇、对怠惰的厌恶、对文学的谦虚、神明的例子吧，要解释人的转折点总会觉得虚幻。其解释即使能勉强算是正确，但总会在须臾缝隙之间散发出谎言的气息。因为人并不是总在思考、估量之后才选择前行道路的。很多时候，人会在不知不觉间走到另一片平原。

我在三十岁的初夏第一次立志从事文学。仔细想想，算是大志晚成。我在家徒四壁的四叠半出租屋里拼命写作。如果饭桶里剩有出租屋的晚餐，我就悄悄地捏成饭团以备深夜空腹之时。这一次我不是写遗书，是为了生存而写。一位前辈鼓励了我。不管世人如何憎恨嘲笑我，那位前辈作家始终一如既往地默默支持着我这个人。我必须回报这份珍贵的信赖。不久，我完成了《姥舍》这部作品。我如实地写下了我和H去水上温泉寻死时的事。这篇当即就出手了。有一个编辑一直都不曾忘记，一直在等待我的作品。这笔稿费我没有乱花，而是去当铺买了件能出门的和服，穿戴整齐地出门旅行。我去了甲州的山上。然后我再度整理了思路，打算开始着手写长篇小说。我在甲州待了整整一年。虽然没有写完长篇小说，但发表了十篇以上的短篇。也听到了来自各方支持的声音。我想这就是文坛的可贵之处，能够一辈子在那里生存的人实乃幸福哉。翌年，昭和十四年正月，我在那前辈的关照下相了亲，平平凡凡地结婚了。不，并不平凡。我不花分文地举办了婚礼。在甲府市的近郊租了间只有两个房间的小屋住下。那屋子的房租一个月要六元五十钱。我连续出版了两本创作集。手头有了些许宽裕。我逐步整理念念不忘的欠债，但这实在是个大工程。这一年初秋，我搬去了东京市外的三鹰町。这里已经不是东京。我在东京市的生活，从我仅带着一只提包出发去甲州的时候起，就已经中断了。

如今我是一个靠写稿生活的人。即便是在旅行时，我也毫不计较地在旅馆登记簿上写下文字工作者。即使有苦恼也很少说。即使是堪比以往的痛苦，我也会佯装微笑。蠢材们说我变得平庸了。每一天，武藏野那大大的夕阳都咕噜咕噜沸腾着落下，我盘腿坐在可以看到夕阳的三叠大的房间里，一边吃着朴素的饭菜一边对妻子说："我这样的男人固然不能出人头地，也不会飞黄腾达，但我无论如何都想保护这个家。"这个时候，我突然想到了东京八景。过往如同走马灯一般在我的胸中旋绕。

这里虽然是东京市外，因为就在附近的井之头公园也算得上是东京名胜之一，那么即使让武藏野的夕阳加入东京八景也无妨。我翻阅着心中的相簿，想要决定剩下的八景。但在这种情况下，能称为艺术的都不是东京的风景，而是风景中的我。是艺术欺骗了我，还是我欺骗了艺术？结论：艺术即我。

户塚的梅雨、本乡的黄昏、神田的祭礼、八丁堀的烟花、芝的满月、天沼的寒蝉、银座的闪电、板桥脑科医院的大波斯菊、荻洼的晨雾、武藏野的夕阳，回忆的幽暗花朵翩翩舞动，整理实在很难。我又觉得硬凑八景也是下贱。想着想着，我又找到了春夏二景。

今年四月四日我去拜访了住在小石川的大前辈S先生。五年前我患病时，S先生非常担心我。直到最后我被狠狠地斥责了一番后，几乎算是被逐出他门下。不过今年正月伊始我登门致歉并道了谢。此后一直都久疏问候。再次登门那天是为了请他出任好友著作出版纪念会的发起人。他当时在家。欣然答应了我的请求后，又聊了美术以及关于芥川龙之介文学的话题。他还如往常那样语重心长地对我说："虽然我也觉得以前对你不太好，但如今看来，反而是有了好结果，我也感到很高兴。"我们一起乘车去了上野。在美术馆里参观了西洋画的展览会。很多画都很无趣。我在一幅画前站定了脚步。S先生很快就来到我身边，把脸凑近了那幅画。

“幼稚。”他无心地说。

“差得远呢。”我也干脆地说。

是H的那个西洋画画家的画。

离开美术馆后，我们又一起在茅长町看了电影《美丽斗争》的试映，然后又去银座喝茶，就这么玩了一天。黄昏时，因为S先生要从新桥町乘巴士回去，我也一起陪着走去了新桥町。途中我把东京八景的计划告诉S先生。

“武藏野的夕阳真的是很大哦。”

S先生站定在新桥站前的桥上。

“美如画呢。”他低声说着，手指向银座的桥。

“啊……”我也站定眺望。

“美如画呢。”他自言自语似的又重复了一次。

比起正在被观赏的风景，我更想把正在观赏风景的S先生和那被逐出师门的顽劣弟子的模样列入东京八景中的一景。

之后大约过了两个月，我又觅得明亮的一景。某天，妻子的妹妹寄来一封快信：“T终于将在明天出发。据说可以在芝公园见个面。明早九点，请来芝公园。请姐夫把我的心意好好地传达给T。因为我很笨，什么都没有对T说。”

妻妹虽然二十五岁，但因为个子娇小看起来就像是个孩子。去年，她和T相亲后定下婚约，但就在订婚以后，T君应召加入了东京的某个联队。我也曾和身穿军服的T君见过一次面并聊了大约三十分钟。那是个爽快、高尚的青年。似乎明天他就要奔赴战地了。收到快信后还没过两小时，又收到了妻妹的快信。这次她写的是："经过仔细思考，我意识到刚才的请求太过轻佻。什么都不用对T说。但请为他送行。"妻子也笑了。我们明白她正一个人忙得不可开交。妻妹从两三天前就去T君父母家帮忙了。

翌日早上，我们很早就起床出发去了芝公园。增上寺的院内，聚集着大量送行的人。我们逮住一个身穿卡其色团服正拨开人群来回走动的老人询问后，得知T君的部队会顺路去山门前，休息五分钟后马上再次出发。我们离开增上寺院内，去山门前等待T君部队的到来。很快，妻妹也手拿小旗帜，和T君的双亲一起来了。这是我和T君父母第一次照面。因为我们还没有正式成为亲戚，不善交际的我就没怎么打招呼，只是轻轻地用眼神问候。

"怎么样，心情还好吧？"我向妻妹搭话。

"没事啦。"妻妹露出开朗的笑容。

"你为什么这个样子？"妻子皱眉，"笑得那么夸张。"

为T君送行的人非常多。山门前竟然竖立着六面写有T君名字的大旗。在T君家工厂工作的员工、女工们也都放假来送行了。我离开众人，站到了山门的一端。我有些别扭。T君家很有钱。而我牙齿缺损，服装邋遢。既没有穿袴和服，也没有戴帽子。一个寒酸文人。T君的父母一定在想儿子未婚妻的穷亲戚来了。即使妻妹来找我说话，我也把她赶走："今天你身负重要的职责，跟在你公公的身边。"T君的部队迟迟不来。十点、十一点，到十二点了也没有来。眼前驶过好几辆女子学校的修学旅行团体乘坐的观光巴士。巴士的门上还贴着写有女子学校校名的纸片。那是我家乡女子学校的校名。长兄的长女应该也在上那所女子学校。或许她也在巴士上。或许她正无意识地望着一个蠢叔叔傻站在东京名胜增上寺山门前的模样，却不知道那就是她的叔叔。大约连续驶过了二十多辆巴士，每一次巴士上的女乘务员都会指着我的方向开始解说些什么。起初我还佯装坦然，但最后我也试着摆起了姿势。我像巴尔扎克那样好整以暇地交叉双臂。然后，我觉得自己仿佛成了东京名胜之一。过了一点，人群中响起"来了、来了"的叫声，很快，载满了军队的卡车就抵达山门前。因为T君掌握着驾驶达特桑的技术，所以坐在那辆卡车的驾驶席上。我在人群的后方恍惚地看着这一切。

“姐夫。”妻妹不知何时来到了我身旁，她低声喊了我一下，用力推我的背。我重振精神，只见T君从驾驶席上下车，似乎一眼就发现了站在人群最后面的我，还对我拱手行礼。一瞬间我有些不确定，看着周围迟疑了会儿，还是觉得那一定是在对我行礼。于是我下定决心拨开人群，和妻妹一起走到了T君面前。

“以后的事你不用担心。我这妻妹虽然笨，但她知道女人最重要的是要做什么。你什么都不用担心。我们一起承担。”我难得一脸严肃地说话。看了看妻妹，她也十分紧张，微微仰着头。T君脸色微红，默默地再次对我拱手行礼。

“还有，你就没话要说吗？”这次是我笑着问妻妹。

妻妹垂下了脸：“不用了啦。”

很快，传来了出发的号令。我再次偷偷摸摸地往人群中躲，却还是被妻妹推着去了驾驶席前。只有T君的父母站在那里。

“放心去吧。”我大声说。T君的严父忽然回头看我的脸。他的眼神流露出不悦，仿佛在说：“咋呼什么呢，这家伙是什么人。”然而那时的我却没有退缩。是因为我已经意识到，人类尊严的最终落脚点，就在于能够断言人生就是会有这样那样的痛不欲生吧。虽然我没有通过征兵检查，还很贫穷，但此刻我没有什么好顾忌的。东京名胜用更响亮的声音叫道：

“不要担心以后的事！”今后哪怕T君和妻妹结婚的事万一出现什么问题，我是不在意面子之类的离经叛道之人，一定能成为两人最后的力量。

觅得增上寺山门的这一景后，我感到我作品的构想也已经如同弦被拉成满月的弓一样蓄势待发了。几天后，我带着东京大地图、笔、墨水、稿纸，精神振奋地启程去了伊豆。到了伊豆的温泉旅馆后，会发生什么事呢？已过十天，我还身在那温泉旅馆里。我这是在做什么哪。

故乡

去年夏天，我时隔十年回了次故乡。今年秋天，我把当时的事整理成四十一篇短篇，并以《归去来》为题，送去了某季刊的编辑部。事情就发生在那之后。那个北先生和中畑先生一起光临我在三鹰的陋室，并告诉了我故乡的母亲病危一事。虽然我内心也预想过五六年里会听到这样的消息，但不曾想竟然这么快。去年夏天，我被北先生带着去拜访了已经阔别十年的故乡老家，那个时候虽然大哥不在，但却见到了二哥、二嫂、侄女，还有祖母、母亲。当时六十九岁的母亲虽然衰老得厉害，连行走时的步伐都让人看着捏冷汗，但绝不算是病人。我做着贪婪的梦，觉得她肯定还能有个五六年，不，是十年。虽然我认为我已经尽可能准确地把当时的事写在了《归去来》里，但当时出于各种原因，我在故乡老家的逗留时间只有三四个小时。

在小说的末尾我也写了——想再多看几眼故乡。我想看这个，想看那个，我有许多许多想要看的。然而我却只能对故乡投以匆匆一瞥。什么时候才能再次看到故乡的山水呢？写那几句话的时候其实就是想借着母亲发生不测再好好看看故乡，虽然这种事也令人难受，但我完全没能料到就在我刚送出原稿之后，“再看看家乡的机会”就来了。

“这次我也会负责的。”北先生很紧张，“请把您的妻子和孩子也带上吧。”

去年夏天，北先生只带了我一个人。这次除了我以外，还带上了我的妻子和园子（一岁四个月的女儿）。我在《归去来》那本小说里详细写过北先生和中畑先生的事。北先生在东京开洋装店，中畑先生在故乡开和服店，他们和我老家从很早以前就有密切往来。即使是在我做了五六次，不，真的是做了数不清的坏事而被老家断了往来后，他们还是基于所谓纯粹的好意，关照了我很久，从不曾露出厌烦的神情。去年夏天也是，我跟北先生以及中畑先生商量后，他们两人也都怀着会被故乡的大哥责难的觉悟，为我时隔十年的返乡之程出谋划策。

“但这不要紧吗？如果带着老婆小孩回去，却吃到闭门羹，那可就悲惨至极了。”我总会预想最坏的情况。

“不会发生那种事。”两个人都严肃地表示否定。

“去年夏天是什么情况？”我的性格中大概就是带着吹毛求疵的谨慎，“在那之后，你们两个有被文治先生（大哥的名字）说过什么吗？北先生，有过吗？”

“那个嘛，以令兄的立场，”北先生深思着，“又是在您亲戚们的面前，所以他没能表示欢迎。不过，我觉得如果是我带着去，应该没关系。去年夏天的事情也是，之后我在东京与令兄见面时，令兄也只是对我说了一句‘北君你可真会来事’，并没有发脾气。”

“是吗？中畑先生这边又是怎么样？有被哥哥说过什么吗？”

“没。”中畑先生抬起脸，“他什么都没有对我说。之前只要我关照一下你，他一定略带讽刺地说我几句，但唯独去年夏天的事，令兄却只字不提。”

“是吗？”我稍稍安心，“如果你们不觉得麻烦，还想请你们带我去。我当然想见母亲，而且去年夏天没能见到文治哥哥，这次正想一见。若能带我前去，我自是不胜感激，但我老婆要如何是好呢？因为这次是和丈夫的亲人初次见面，女人家就会有像是和服之类的琐事，说不定会有些麻烦。这还要请北先生去说服下我老婆。如果我去说，那家伙一定会嘟嘟囔囔。”我把妻子叫来房间。

结果却出人意料。当告知了妻子母亲病危，想让她看一眼园子等情况后，妻子当即就双手扶在榻榻米上说道：

“拜托您了。”

北先生重新转向我：

“什么时候出发？”

那天是十月二十日。我们把时间定在了二十七日。

之后的一个星期，妻子为准备行装而忙得不可开交。妻子的妹妹从娘家来帮忙。有许多重新购置的东西。我几乎要破产。只有园子对此一无所知，在家里摇摇晃晃地走来走去。

二十七日十九点，自上野出发的急行列车全席满座。我们一直到原町才坐下，大约站了五个小时。

母情况不妙太宰速来。中畑

北先生给我看了这样一封电报。是先行回故乡的中畑先生今早发给北先生的电报。

翌日八点，我们到了青森后，立刻换乘奥羽线，又在川部站换乘前往五所川原的火车，从那一带开始，列车的两边都是苹果园。看来今年苹果也会丰收。

“嗯，真美。”妻子睁大了因为睡眠不足而略充血的眼睛，“我一直都想见识苹果成熟的样子。”

近得似乎伸手可取的苹果闪耀着红彤彤的光。

十一点左右，我们到了五所川原站。迎接我们的是中畑先生的女儿。中畑先生的家就在这个五所川原町。我们的计划是在中畑先生的家里稍事休息，妻子和园子换了衣服后再去拜访金木町的老家。金木町是在五所川原再往北的地方，大约要沿着津轻铁道再乘四十分钟。

我们在中畑先生的家里一边吃饭，一边被告知母亲的详细情况。据说几乎是弥留状态了。

“你们总算来了。”反而是中畑先生对我们道谢，“我着急得不行，一直在等你们什么时候来、什么时候来。总之这么一来我也安心了。令堂虽然没有说，但看她的样子就是在等你们来。”

《圣经》里“浪子回家”的故事在我脑中一闪而过。

吃过午饭正准备出发时——

“行李箱还是别带为妙，是吧？”北先生微微加重了语气，“令兄还没有原谅你。如果拎着箱子——”

“我明白了。”

我们把所有行李都留在中畑先生家里后出发了。北先生是在提醒我，连是不是能被允许和病人见面都还不知道呢。

我们只带着园子的尿布袋，乘上了前往金木町的汽车。中畑先生也一起上了车。

心情一刻阴郁过一刻。大家都是好人。谁都不是坏人。都是因为我这个过去做了不光彩的事，如今也不够聪明，饱受恶评，挣一天花一天的穷酸文士，一切才会变得这么尴尬。

“这里景色真好。”妻子眺望着窗外的津轻平野说，“出乎我意料，是一片明媚的土地呢。”

“是吗？”稻子已经被收割一空，满目的稻田呈现出浓郁的冬日色彩，“我倒是看不出来。”

那时的我并不想为故乡自豪。我只是感到非常苦涩。去年夏天时不是这样的。那时看到的才是让我心情雀跃的、阔别十年的故乡风光。

“那个是岩木山。因为和富士山很像，所以是津轻富士。”我苦笑着对她说明，毫无热情，“这边矮矮的山脉是梵珠山脉。那个是马秃山。”我的介绍着实敷衍。

此处乃我出生之地，再行得四五丁[1]——梅川略显得

---

① 戏里台词。

意地向忠兵卫介绍新口村，这是出让人觉得非常可怜的戏，但到我就不是了。忠兵卫正在火冒三丈。从稻田的那一头可以隐隐看到红色的屋顶。

“那里就是，”我刚想说是我的家，纠结了下，说道，“是哥哥的家。”

不过那里却是寺庙的屋顶。我老家的屋顶在它右面。

“不对，我搞错了。是右面，稍微大一点的那个。”真是乱七八糟。

到了金木町。小侄女与一个年轻漂亮的姑娘来接我们。

“那姑娘是谁？”妻子小声问我。

“女佣吧？不必招呼。”去年夏天，我曾经把和这个姑娘差不多年龄、打扮优雅的女佣当成哥哥的长女，恭敬地行了叩拜之礼。因为有过这种略感尴尬的回忆，这次我说得很谨慎。

小侄女是哥哥的次女，去年夏天就遇到过，所以认识。芳龄八岁。

“小滋。”我一叫她，她就毫不拘泥地笑了。我感到心中略微放松，只有这孩子不知道我的过去。

我们进了家门。中畑先生和北先生立刻就去了二楼哥哥的房间。我和妻女一起去了佛堂，拜过佛后，又退至专给自家人聚集的房间“常居”，在房间一角坐下。大嫂、二嫂都笑脸相迎。祖母也在女佣的搀扶下来了。祖母八十六岁了，虽然有些耳背，但很精神。妻子虽然挖空心思地想让园子也来行礼，但园子丝毫没想要行礼，只是摇摇晃晃地在房间里打转，让大家都提心吊胆。

哥哥出现了。他迅速地走过房间，去了隔壁房间。他脸色很差，消瘦得令人吃惊，容貌也变得瘆人。隔壁房间里也有个来给母亲探病的人。哥哥和那客人聊了一会儿，待那客人回去后才来到“常居”。我什么都没说，他先“啊”地双手扶在榻榻米上轻轻地行了礼。

“让您为我费心了。”我顿时变得拘谨，行过礼后，又向妻子介绍，“是文治哥哥。”

哥哥在妻子还未行礼之前先向妻子行了礼。我连气都不敢喘。问候完，哥哥立刻就去了二楼。

欤？发生什么了吧。我感到别扭。这位哥哥从以前就是这样，只要心情不佳就会这样莫名疏远、恭敬地行礼。北先生和中畑先生也都从刚才就没有下过楼。北先生莫非搞砸了什么事？一想到这点，我突然就感到不安、害怕，胸口咚咚直跳。大嫂笑吟吟地前来催我：“快去吧。”我松口气，站起了身。要去见母亲了。并没有发生什么不愉快的事，我就得以见母亲了。搞什么呀，我有点担心过头了。

在走廊里，嫂嫂告诉我们：

“从两三天前，她就在等你了，真的是在等你。”

母亲在别栋的十叠大的房间里躺着。她躺在大床上，就像枯草般消瘦，但意识还很清醒。

“你总算来了。”她说。和初次见面的妻子打过招呼后，她抬起头点了点。我抱起园子，把园子的小手塞到母亲瘦削的手心里后，母亲颤抖着手指握住了。五所川原的叔母站在枕边，微笑着拭去泪水。

病房里除了叔母，还有两个护士，再有就是排在我上面的姐姐、二嫂、亲戚里的婆婆等许多人。我们去了隔壁的六叠大的休息间，和大家打了招呼。大家都在说修治（我的本名）一点都没变，稍微胖了反而显得年轻了。园子也没有像我们担心的那样怕生，见到谁都笑。大家围在休息间的火盆周围，窸窸窣窣地小声交谈起来，我的紧张感也逐渐消除了。

“这次会好好待一阵了吧。”

“不清楚会怎样。还是会像去年夏天那样，待两三小时就告辞吧。北先生说那样比较好。我打算都听北先生的。”

“但是，你母亲情况这么差，你能抛下她回去吗？”

“这些都要和北先生商量以后——”

“你也不用这么在意北先生吧。”

“那可不行。因为一直到今天，我都受到了北先生非常多的关照。”

“这个，嗯，虽然是这样。但是就算是北先生，怎么可能会——”

“不是，所以，都要和北先生商量一下。听北先生的指示一定不会错。北先生好像还在二楼和哥哥说话，该不会是发生麻烦事了吧。我们一家三口没经过同意就这么厚着脸皮过来——”

“你不必担心这种事。英治先生（二哥的名字）不也发了快信要你立刻来吗？”

“这是什么时候的事？我们没看到过。”

“咦？我们还以为你们是看了那封快信才来的——”

“这可不太妙。是失之交臂了吧。真是不妙，莫名其妙就成了北先生多事一样。”我觉得我似乎全明白了。运气真差。

“没什么不妙的吧。你越早赶到越好。”

但我却很沮丧，也感到对不住特地抛下生意带我们来这里的北先生，明明是适时地通知了你，是吧——我也能体会到哥哥们的懊恼，实在是不顺利。

方才来车站接我们的年轻姑娘进了房间，一边笑一边向我行礼。我又搞砸了，这次是因为太谨慎而搞砸了。她根本不是什么女佣，而是大姐的孩子。我虽然曾在她七八岁的时候见过她，但那时她还是个黑乎乎的矮丫头。但如今看起来，却身材苗条、气质文雅，完全判若两人。

“这是小光哦。”叔母也笑着说，“是个大美人吧。”

“是个美人了。”我认真地回答，“比以前白了。”

大家都笑了。我的心情也稍稍放松。就在这个时候，我偶然望向隔壁房间的母亲，只见母亲正无力地张开嘴，呼吸困难地喘了两三口气后，举起一只瘦削的手，像是赶苍蝇似的在空中摆动。这情况不对吧？我起身赶到母亲的窗边，其他人也都神情担忧地轻轻聚到母亲枕边。

“她经常会很难受。”护士小声地解释，她把手伸到被子下面，用力地摩挲母亲的身体。我在枕边蹲下身，问她哪里难受。母亲微微地摇头。

“加油。您可不能不看园子长大后的样子啊。”我忍着害臊说。

突然，亲戚的婆婆拉过我的手和母亲的手握在一起。我连忙伸出另一只手，双手裹着母亲冰冷的手去温暖她。

婆婆把脸埋在母亲的被子上哭了。叔母、阿贵(二嫂的名字)也哭了起来。我抿着嘴忍耐。就这么过了一会儿，终究还是忍不住，悄悄地从母亲的身旁离开来到走廊。我沿着走廊去了西式房间。西式房间很冷，空荡荡的。雪白的墙上挂着罂粟花以及裸女的油画。壁炉台上孤零零地摆着一座蹩脚的木雕。沙发上铺着豹皮。椅子、餐桌、地毯都和往昔一般。我在西式房间里团团打转。现在流眼泪就是在骗人，现在哭就是在骗人，我一边这么告诉自己一边努力让自己不要哭、不要哭。悄悄地躲到西式房间一个人哭，多么心地善良、惦念母亲的好儿子啊！装样，这不是做戏做全套吗？可是有过这么庸俗的电影的。都三十四了，怎么，要做心地善良的修治先生了吗？停下这矫揉造作的戏码。事到如今也做不了孝顺儿子，离经叛道恣意妄为，快停下！哭了就是在骗人！眼泪就是在骗人。我一边在心里这么说着，一边把两手揣在怀里打转，眼看着就要呜咽出声。我实在是难受。我一会儿抽烟，一会儿擤鼻涕，做了各种努力后，总算是一滴眼泪都没流出眼睛。

太阳下山了。我没有回到母亲的病房，而是在西式房间的沙发上睡着了。这间别栋的西式房间，似乎现在没有被使用，即使拧了开关电灯也不亮。我独自在寒冷的黑暗之中。北先生和中畑先生都没有来别栋。他们在做什么呢？妻子和园子似乎在母亲的病房里。今晚，我们接下去会如何呢？按照北先生的意见，起初订下的计划是探病以后立刻离开金木町，晚上就在五所川原的叔母家住一晚，但母亲的状态这么差，如果按照计划立刻离开，事情似乎反而不妙。总之我先见北先生。北先生到底在哪里？是因为和哥哥的谈话确实麻烦，才会纠缠不清吗？我感觉自己没有容身之处。

妻子来到黑暗的西式房间。

“老公！会感冒的哦。”

“园子呢？”

“睡着了。”据说让她睡在了病房的休息室里。

“没事吧？不会着凉吧？”

“叔母借给了我毛毯。”

“怎么样？大家都是好人吧。”

“是呀。”不过，她似乎还是不安，“接下来我们会怎样？”

“不知道。”

“今晚住哪里？”

“这种事就算问我也没用啊。一切都要听北先生的指示。十年来，我已经养成了这个习惯。如果无视北先生直接去找哥哥谈，会发生骚动的。事情已经变那样了。你不懂吗？现在的我没有任何权利。连带一只行李箱来都不行。”

“你好像对北先生有些抱怨。”

“别傻了。我理解，也深深感受到北先生的好意。不过，因为北先生的介入，我和哥哥的关系也变得有些复杂。我必须给足北先生面子，明明谁都没有错……”

“真的呢。”妻子似乎也有些明白了，“我是想北先生特地提出带我们来，我们拒绝也不好，所以就连我和园子也跟着来了。如果因此却给北先生添麻烦，我也会很困扰。”

“你说的也没错。不能随便受人恩惠。都是因为有我这么难搞的人。这次是真的对不住北先生。特地来了这么远的地方却不被我们，还有哥哥们由衷感激，真是凄惨。现在至少应该是我们来设法努力保住北先生的颜面，但偏巧我们没有这个能力。如果乱出头，事情就一塌糊涂了。不过，暂时都会像这样手忙脚乱吧。你去病房给母亲揉个脚什么的。我们就只考虑母亲的病就好。”

妻子“但是”了一句，没有立刻离开。她在黑暗中低着头。我想到要是被人看到我们两个人在这么暗的地方可不妙，便从沙发上起身去了走廊。寒气刺骨。这里是本州的北端。我透过走廊的玻璃窗眺望天空，却连一颗星星都没有。只是一片阴森森的幽暗。不知为什么，我突然极其想去工作。好嘞，去做吧！我满心都是这个念想。

嫂嫂来找我们了。

“呀，竟然在这种地方！”她发出开朗而惊讶的声音，“吃饭了。美知子女士也请一起。”嫂嫂对我们似乎已经完全没有了戒备。我因此觉得她特别可靠，认为有事和这个人商量准没错。

我们被带到主屋的佛堂。背对壁龛的是五所川原的先生（叔母的养子），还有北先生、中畑先生，与之相对的是大哥、二哥、我、美知子。只预备了七个人的座位。

“和快信失之交臂了。”我一看到二哥的脸，不由自主就说出了口。二哥微微点头。

北先生垂头丧气的，一脸闷闷不乐。正因为平时他在酒席上总是很热闹，那一晚的闷闷不乐就特别显眼。果然有事发生了，我心中确信。

即使这样，因为五所川原的先生微醉后开始兴奋，房间里的气氛很活跃。我探出身子，给大哥、二哥斟了酒。我得到哥哥们的原谅了吗？没有吗？我已经不再考虑这种事了。我一辈子都不配被原谅，而且也抛弃了想要得到原谅这种天真自私的想法。只要我爱着哥哥们就可以了。贪心而不干脆的思考方式就该舍弃，我一边自斟自饮喝得痛快，一边在心中不断无谓地自问自答。

北先生这一晚住在了五所川原的叔母家。可能是北先生顾虑到金木町的老家正因为病人而一片混乱，总之他去了五所川原留宿。我一路送北先生到了停车场。

“谢谢，真是多亏了您。”我发自内心地说。此刻我因为要和北先生分别而不安。接下去就没有人会对我发出指示了。“今晚我们就这么在金木町住下也没关系吗？”我忍不住问他。

“那自然是无妨的。”或许是我多心，他的语气似乎略为疏远，“毕竟，令堂的情况那么差。”

“那么，我们要是在金木町这边再多住两天——是不是有些厚着脸皮了？”

“这要取决于令堂的情况了。总之明天电话商量吧。”

“北先生呢？”

“我明天回东京。”

“真是辛苦啊。去年夏天北先生也是立刻就回去了，我们还准备着今年一定要带您去青森附近的温泉呢。”

“不，令堂情况那么差，可不是去温泉的时候。实际上我没想到情况会这么差。真是出乎我的意料。由您支付的火车票，稍后我计算了以后会归还于您的。”他突然说起了火车票钱，我不禁不知所措。

“别开玩笑了。您回去的车票也该由我买才对。请不要为这些事费心。”

“不，还是算清楚吧。你们寄放在中畑先生那里的行李，明天一早我也会拜托他送来金木町老家这边的。这样一来就没有我的事了。”他大踏步地走在一片漆黑的路上，“停车场就在这边吧？不用再送了。真的不用了。”

“北先生！”我追着他，加快了脚步，“你被哥哥说什么了吗？”

“没。”北先生放慢了脚步，平静地说道，“您最好不要再担心这种事了。今晚我的心情很好。文治先生、英治先生还有您，看到三个出色的孩子并排坐在一起，我开心得几乎要流泪。我已经什么都不需要了。我满足了。从一开始我就没指望过分文报酬。这您也是知道的吧。我只是想看到你们三兄弟并排坐在一起。我心情很好，很满足。修治先生，您今后也要好好地做下去。差不多是我们老人隐退的时候了。”

送走北先生后，我回到家里。我一想到接下来不能再依靠北先生，而是得由我直接去和哥哥们说话，比起喜悦我更觉恐怖。我满心都是卑屈的不安，觉得自己会不会又表现出愚钝的粗鲁而惹哥哥们生气。

家里正因为探病的客人一片混乱。为了不让客人们看到我，我从厨房那边偷偷地去别栋的病房时，不经意地往“常居”隔壁的“小间”张望了一眼，只见二哥正独自坐着，我像是被什么可怕的东西硬拽着似的，很顺溜地就去他身旁坐下了。虽然内心十分慌张，但还是问他：“母亲真的不行了吗？”

这问题太过唐突，我自己都觉得很糟糕。英治哥哥露出苦笑，稍稍打量了附近后说：“嗯，这次得做好会很难的思想准备。”

这时，大哥突然进来了。他有些茫然，在房间里转来转去，一会儿拉开壁橱一会儿又关上，然后在二哥身旁重重地盘腿坐下。

“愁，这次真是愁人。”他说着垂下脸，把眼镜推到了额头上，单手捂住了双眼。

倏地回过神，不知不觉中，最年长的姐姐已经悄悄地坐在了我的身后。

图书在版编目（CIP）数据

惜别 /（日）太宰治著；星野空译 . — 南京：江苏凤凰文艺出版社，2021.5
ISBN 978-7-5594-5749-3

Ⅰ . ①惜… Ⅱ . ①太…②星… Ⅲ . ①中篇小说 – 小说集 – 日本 – 现代 Ⅳ . ① I313.45

中国版本图书馆 CIP 数据核字（2021）第 058101 号

惜别

〔日〕太宰治 著　星野空 译

出 版 人　张在健
责任编辑　张　倩
特约编辑　程　斌　刘　雷
装帧设计　金　山
出版发行　江苏凤凰文艺出版社
　　　　　南京市中央路 165 号，邮编：210009
网　　址　http://www.jswenyi.com
印　　刷　天津旭丰源印刷有限公司
开　　本　840 毫米 ×1194 毫米 1/32
印　　张　8
字　　数　128 千字
版　　次　2021 年 5 月第 1 版　2021 年 5 月第 1 次印刷
书　　号　ISBN 978-7-5594-5749-3
定　　价　52.00 元